Il teatro alla moda

Benedetto Marcello

Il teatro alla moda

Benedetto Marcello

L'AUTORE DEL LIBRO AL COMPOSITORE DI ESSO

A voi, o mio dilettissimo Compositore del Libretto presente, questo mio Libretto consacro. Imperciocché, se per vostro piacere, e per sollevarvi dalle noiose cure sì giocosa Prosa in assai volgar Frase (perché ben s'intenda) io dettai, giusto ben sia che a voi medesimo l'indirizzi, perché è cosa già vostra quando per mia comparisce. Voglio lusingarmi però, che la presente Operetta non sia per riuscir discara, o di poco giovamento a chiunque de' Teatri è solito approfittarsi, essendo raccolte in essa molte delle più riguardevoli Cose, che importano a ben riuscire nelle moderne Sceniche Operazioni. Pure, se contro di me si scopriranno de' malevoli Detrattori, spero, che in voi solo affidandomi, saprete ben persuaderli, e placarli. So pur troppo (per dir da vero) che molti a cui la correzione sopra le malfatte cose non piace, diranno che questa mia Fatica è inutile e vana, chiamandomi altri sprezzatore della moderna Virtù; ma (ciò seguendo) avremo parimente un piacere scambievole in vedendo risentirsi taluni, li quali, come colti nel comune difetto, crederanno che apostatamente per loro, io a scrivere siami posto, e Voi di loro precisamente ridete. Frattanto, o indiviso mio Amico, prendete a grado questo mio dono, come presentatovi da chi senza di voi non può vivere, e state sano, se non volete vedermi ammalato. Addio.

A' POETI

In primo luogo non dovrà il Poeta moderno aver letti, né legger mai gli Autori antichi Latini o Greci. Imperciocché nemeno gli antichi Greci o Latini hanno mai letti i moderni.

Non dovrà similmente professare cognizione veruna del Metro e Verso Italiano, toltane qualche superficiale notizia che il Verso si formi di sette o d'undici sillabe, con la quale Regola potrà poi comporne a capriccio di tre, di cinque, di nove, di tredici, e di quindici ancora.

Dirà bensì di aver corsi gli studi tutti di Matematica, di Pittura, di Chimica, di Medicina, di Legge, etc. protestando che finalmente il Genio l'ha condotto con violenza alla Poesia, non intendendo però il vario modo di ben accentare, rimare, etc. etc., non li Termini Poetici, non le Favole, non l'Istorie, ma introducendo anzi nell'Opere sue per lo più qualche termine delle Scienze sopracennate, o d'altre, che non abbiano punto che fare con la poetica Istituzione.

Chiamerà pertanto Dante, Petrarca, Ariosto, etc. Poeti oscuri, aspri e tediosi, e per conseguenza nulla o poco imitabili. Sarà bensì provveduto di varie moderne Poesie, dalle quali prenderà sentimenti, pensieri e gl'interi Versi, chiamando il furto lodevole Imitazione.

Ricercherà il Poeta moderno, prima di compor l'Opera, una nota distinta dall'Impresario della quantità e qualità delle Scene ch'esso Impresario desideri, per introdurle tutte nel Dramma; avvertendo se vi entrassero Apparati di Sagrificio, di Cene, di Cieli in terra, o d'altro Spettacolo, d'intendersi bene con gl'Operari, cioè con quanti Dialoghi, Soliloqui, Ariette, etc. debba egli allungar le Scene antecedenti, perché abbiano commodo di preparar ogni cosa: benché, per ciò fare, l'Opera poi convenga snervarsi e s'attedi l'Udienza soverchiamente.

Scriverà tutta l'Opera senza formalizarsi Azzione veruna della medesima, bensì componendola verso per verso, acciocché non intendendosi mai l'Intreccio dal Popolo, stia questi con curiosità sino al fine. Avverta sopra ogni cosa il buon Poeta moderno, che siano fuori ben spesso tutti li Personaggi senza proposito, quali poi ad uno ad uno dovranno partire, cantando la solita Canzonetta.

Non ricercherà mai il Poeta l'abilità degli Attori, ma piuttosto se l'Impresario sarà provveduto di buon Orso, di buon Leone, di buon Rossignolo, di buone Saette, Terremoti, Lampi, etc.

Introdurrà una scena magnifica e di curiosa apparenza in fine dell'Opera, perché il Popolo non parta a mezzo, chiudendo con il solito Coro in onore o del Sole, o della Luna, o dell'Impresario.

Dedicando il Libro a qualche gran Personaggio cercherà che questi sia piuttosto ricco che dotto, patteggiando il terzo della Dedica con qualche buon mediatore sia poi Cuoco, o Mastro di Casa del Soggetto medesimo. Ricercherà in primo luogo da questi la quantità e qualità de' Titoli co' quali deve adornare il suo Nome nel Frontespizio, accrescendo poi detti Titoli con etc. etc. etc. etc. Esalterà la Famiglia e le Glorie degli Antenati, usando ben spesso nella Epistola Dedicatoria li termini di Liberalità, Animo generoso, etc., né trovando nel Personaggio (siccome sovente accade) motivi di laude, dirà, ch'egli tace per non offendere la di lui modestia, ma che la Fama con le sue cento Sonore Trombe spargerà dall'uno all'altro Polo il di lui Nome immortale. Chiuderà finalmente con dire, per atto di profondissima Venerazione, che bacia i Salti de' Pulci de' Piedi de' Cani di Sua Eccellenza.

Sarà utilissima cosa al Poeta moderno di fare una Protesta a' Lettori ch'ha composta l'Opera negl'anni più giovanili, e se potesse aggiungervi d'aver ciò fatto in poche giornate (benché gli avesse lavorato intorno più anni) ciò appunto sarebbe da buon moderno, mo strando scostarsi affatto dall'antico precetto: Nonumque prematur in annum, etc. etc.

In tal caso potrà dichiararsi ancora d'esser egli Poeta per solo divertimento, a motivo di sollevarsi da occupazioni più gravi, ch'era lontano dal pubblicare la sua fatica: ma per consiglio d'Amici e comando de' Padroni s'è indotto a ciò fare, non mai per desiderio di lode o speranza di lucro. Di più che la Virtù insigne de' Rappresentanti, l'Arte celebre del Compositor della Musica, e la destrezza delle Comparse e dell'Orso correggeranno i difetti del Dramma.

Nella Sposizione dell'Argomento farà un lungo Discorso intorno a' Precetti della Tragedia e dell'Arte poetica, riflettendo con Sofocle, Euripide, Aristotele, Horazio, etc. Aggiungendo in fine che conviene al Poeta corrente abbandonar ogni buona Regola per incontrar il Genio del corrotto Secolo, la licenziosità del Teatro, la stravaganza del Maestro di Capella, l'indiscretezza de' Musici, la delicatezza dell'Orso, delle Comparse, etc.

Avverta però di non trascurare la solita Esplicazione degli tre Punti importantissimi d'ogni Dramma: il Loco, il Tempo e l'Azione. Significando il Loco: NEL TAL TEATRO; il Tempo: DALLE DUE DI NOTTE ALLE SEI; l'Azione: L'ESTERMINIO DELL'IMPRESARIO.

Non importa che il Soggetto dell'Opera sia Istorico: anzi essendo state trattate tutte le Storie greche e latine dagli antichi Latini e Greci, e da' più scelti Italiani del buon Secolo, appartiene al Poeta moderno l'inventare una Favola, fingendosi nella medesima Risposte d'Oracoli, Naufragi reali, mali auguri di Bovi arrostiti, etc. bastando solamente, che sia alla notizia del Popolo qualche Nome Istorico delle Persone. Tutto il rimanente adunque sarà un'Invenzione a capriccio, avvertendo sopra ogni cosa, che i versi non siano che mille doicento in circa comprese le Ariette.

Per render poi all'Opera maggior riputazione, cercherà il Poeta moderno che il Titolo sia piuttosto una principale Azzione della medesima, che il Nome d'un personaggio: verbi gratia in vece d'Amadis, di Bovo, di Berta al Campo, etc. dirà l'INGRATITUDINE GENEROSA, I FUNERALI PER FAR VENDETTA, l'ORSO IN PEATA, etc.

Gli Accidenti dell'Opera saranno Prigionie, Stili, Veleni, Lettere, Caccie d'Orsi, e di Tori, Terremoti, Saette, Sagrifizi, Saldi, Pazzie, etc., imperciocché da tali impensate cose il popolo resta oltremodo commosso: e se mai si potesse introdurre una Scena nella quale alcuni degli Attori si mettessero a sedere ed altri a dormire in un Bosco, o Giardino, nel qual Tempo gli venisse insidiata la Vita, e si risvegliassero (il che mai non s'è veduto sul Teatro Italiano), ciò sarebbe un toccare l'estremo della meraviglia.

Nello stile del Dramma non dovrà il Poeta moderno porre molta fatica, riflettendo che dev'essere ascoltato, ed inteso dalla Moltitudine popolare, che però ad effetto di renderlo più intelligibile, ometterà li soliti articoli, userà gl'insoliti lunghi periodi, epitetando abbondantemente, quando gli occorra compir qualche verso di Recitativo o di Canzonetta.

Sarà provveduto poi di gran quantità d'Opere vecchie, delle quali prenderà Soggetto e Scenario, né cambierà di questi che il Verso e qualche Nome de' Personaggi, il che farà parimente nel trasportar Drammi dalla Lingua Francese, dalla Prosa al Verso, dal Tragico al Comico, aggiungendo o levando Personaggi secondo il bisogno dell'Impresario.

Farà gran brogli per compor Opere, né potendo altro fare, si unirà con altro Poeta, prestando il Soggetto, e verseggiandolo insieme con patto di partire il guadagno della Dedica e della Stampa.

Non lascerà partire assolutamente il Musico dalla scena senza la solita Canzonetta, e particolarmente quando per Accidente del Dramma dovesse quegli andar a morire, ammazzarsi, bever veleno, etc.

Non leggerà mai tutta l'Opera all'Impresario, bensì glie ne reciterà qualche Scena interrottamente; e replicatamente quella del Veleno, o del Sagrifizio, o delle Sedie, o dell'Orso, o del Saldi, aggiungendo che se quella tal Scena gli falla, non occorre più compor Opere.

Avverta il buon Poeta moderno di non intendersi punto di Musica, imperciocché tale intelligenza era propria degli Antichi Poeti secondo Strabone, Plinio, Plutarco, etc., li quali non separarono il Poeta dal Musico, né 'l Musico dal Poeta, come furono Anfione, Filamone, Demodoco, Terpandro, etc. etc. etc.

L'Ariette non dovranno aver relazione veruna al Recitativo, ma convien fare il possibile d'introdurre nelle medesime per lo più farfalletta, mossolino, rossignuolo, quagliotto, navicella, copanetto, gelsomino, violazotta, cavo rame, pignatella, tigre, leone, balena, gambaretto, dindiotto, capon freddo, etc. etc. etc., imperciocché in tal maniera il Poeta si fa conoscere buon Filosofo distinguendo co' paragoni le proprietà degli Animali, delle Piante, de' Fiori, etc.

Prima che l'Opera vada in Scena dovrà il Poeta lodar Musici, Musica, Impresario, Suonatori, Comparse, etc. Se l'Opera poi non avesse felice incontro, dovrà esagerare contro gli Attori, che non la rappresentano conforme l'Intenzione sua, perché non pensano che a cantare, contro il Maestro di Capella, che non ha intesa la forza delle Scene, non badando egli che a far l'ariette; contro l'Impresario, che per soverchio risparmio l'ha posta in scena con poco decoro; contro Suonatori e Comparse tutti ogni sera ubbriachi, etc.; protestando ancora ch'egli avea composto il Dramma in altra maniera, che ha convenuto levare, aggiungere ad arbitrio di chi comanda e particolarmente della incontentabile prima Donna, e dell'Orso, che lo farà leggere nell'Originale, che al presente appena lo riconosce per suo, e chi ciò non credesse lo dimandi alla Serva o Lavandara di Casa, che prima d'ogn'altro l'hanno letto e considerato, etc.

Nelle prove dell'Opera non dirà mai l'Intenzione sua a verun degli Attori, riflettendo saviamente che questi vogliono fare a modo loro ogni cosa.

Se qualche Personaggio per convenienza dell'Opera fosse scarso di Parte, gliene aggiungerà subito che ne venga richiesto o dal Virtuoso o dal di lui Protettore, avendo sempre preparato qualche centinaio d'ariette per poter cambiare, aggiungere, etc., non trascurando di riempire il Libro de' soliti Versi oziosi segnati con virgolette.

Se si trovassero in una Prigione Marito e Moglie, e che l'uno andasse a morire, dovrà indispensabilmente restar l'altro per cantar un'Arietta, la quale dovrà essere d'allegre parole per sollevar la mestizia del Popolo, e per fargli comprendere che le Cose tutte sono da scherzo.

Se due Personaggi parlassero amorosamente, tramassero Congiure, Insidie, etc., dovranno sempre ciò fare alla presenza de' Paggi e delle Comparse.

Occorrendo ad un Personaggio di scrivere, farà il Poeta portare un Tavolino con Sedia doppo cambiata la Scena, quale farà parimente levare subito scritta la Lettera, perché detto Tavolino non debba mai supporsi addobbo del Luogo dove si scrive. Lo stesso osserverà del Trono, Sedie, Canapé, Sedili d'Erbe, etc.

Introdurrà nelle Sale regie Balli di Giardinieri, e ne' Boschi di Cortigiani; avvertendo che il Ballo di Piroo può entrar in Sala, in Cortile, in Persia, in

Egitto, etc.

In caso si accorgesse il Poeta moderno che il Musico pronuncia male, non dovrà però mai correggerlo, imperciocché ravvedendosi il Virtuoso e parlando schietto potrebbe minorarsi l'esito de' Libretti.

Ricercato da Personaggi per qual parte debbano entrare, uscire, mover le braccia e come vestirsi, lascerà ch'entrino, escano, si movano e si vestano a modo loro.

Se i metri dell'Arie non piacessero al Maestro di Musica, gli cambierà subito, introducendo ancora nell'Arie a capriccio del medesimo: Venti, Tempeste, Nebbie, Sirocchi, Greco levante, Tramontana, etc.

Molte dell'Arie dovranno esser lunghe a segno che alla metà di esse non si ricordi più del principio.

L'Opera dovrà rappresentarsi con soli sei Personaggi, avvertendo, che due o tre Parti siano introdotte in maniera che, occorrendo, possano levarsi senza guastare l'Intreccio del Dramma.

La parte di Padre o di Tiranno (quando sia la principale) dovrà sempre appoggiarsi a CASTRATI; riserbando Tenori e Bassi per gli Capitani di Guardia, Confidenti del Re, Pastori, Messaggieri, etc.

Poeti di poco credito avranno tra l'anno Impieghi forensi, Fattorie, Soprintendenze economiche; copieranno Foglietti, correggeranno Stampe, diranno male l'uno dell'altro, etc. etc. etc.

Pretenderà il Poeta un Palchetto dall'Impresario, metà del quale affitterà molti mesi prima che l'Opera vada in scena, e tutte le prime sere; riempiendo l'altra metà di Maschere, quali condurrà franche di porta.

Visiterà spesso la prima Donna, imperciocché per ordinario dipende da questa l'esito dell'Opera buono o tristo c'abbia a succedere, ed a genio di questa regolerà il Dramma, aggiungendo e levando parte a lei, all'Orso o ad altri Personaggi, etc. Ma si guarderà di non dargli ad intendere cosa veruna dell'Intreccio dell'Opera, perché la VIRTUOSA moderna non deve intenderne punto: informandone al più a parte la Signora MADRE, Padre, Fratello o Protettore della medesima.

Visiterà il Maestro di Capella, gli leggerà il Dramma più volte, avvisandolo dove il Recitativo deve andar lento, dove presto, dove appassionato, etc., non dovendo rilevar il Compositore moderno di Musica veruna di tali cose, e gl'incaricherà poi nell'Arie brevissimi Ritornelli e Passaggi (ma piuttosto molte repliche intere delle parole), perché meglio si goda la Poesia.

Farà cerimonie con Suonatori, Sarti, Orso, Paggi, Comparse, etc. raccomandando a tutti l'Opera sua, etc. etc. etc.

A' COMPOSITORI DI MUSICA

Non dovrà il moderno Compositore di Musica possedere notizia veruna delle Regole di ben comporre, toltone qualche principio universale di pratica.

Non comprenderà le Musicali numeriche Proporzioni, non l'ottimo effetto de' Movimenti contrari, non la mala Relazione de' Tritoni e d'Essachordi maggiori. Non saprà quali e quanti siano li Modi ovvero Tuoni, non come divisibili, non le proprietà de' medesimi. Anzi sopra di ciò dirà, non darsi che due soli Tuoni: Maggiore e Minore; cioè, Maggiore quello c'ha la terza maggiore, e Minore quello che l'ha minore; non rilevando propriamente ciò che dagli Antichi per Tuono maggiore e minore si comprendesse.

Non distinguerà punto l'uno dall'altro li tre generi, Diatonico, Chromatico, ed Enarmonico, ma bensì confonderà tutte le Chorde di essi in una sola Canzonetta a capriccio per separarsi affatto dagli Autori antichi con tale confusione moderna.

Userà gli Accidenti maggiori e minori a suo beneplacito, confondendo irregolarmente le Segnature di essi. Si servirà parimente del Segno Enarmonico, in luogo del Chromatico, con dire che sono la medesima cosa, perché già l'uno e l'altro fa crescere un Semituono minore, e in tal forma sarà ignaro affatto, che il Chromatico debba sempre trovarsi fra Tuoni per quelli dividere, e l'Enarmonico solamente fra Semituoni, essendo special proprietà dell'Enarmonico il dividere li Semituoni maggiori e non altro. Onde il Maestro di Capella moderno (come si è detto di sopra) deve essere intieramente all'oscuro di queste ed altre simili cose.

A tal effetto pertanto saprà poco leggere, manco scrivere, e per conseguenza non intenderà la lingua latina, contuttoché dovesse comporre per Chiesa, dove potrà introdurre Sarabande, Gighe, Correnti, etc., quali chiamerà poi Fughe, Canoni, Contrapunti doppi, etc.

Passando poi a discorrere sopra il Teatro, non s'intenderà il moderno Maestro di Musica punto di Poesia; non distinguerà il senso dell'Orazione: non le Sillabe lunghe o brevi, non le Forze di Scena, etc. Non rileverà parimente la proprietà d'istromenti d'Arco o da Fiato, quando sia egli Suonatore di Cembalo; e se il Compositore suonasse Stromenti d'Arco non curerà punto d'intendere il Clavicembalo, persuadendosi di poter compor bene all'uso moderno senza veruna pratica del medesimo.

Non sarà mal fatto pertanto se il Maestro moderno sarà stato molti anni Suonator di Violino o Violetta, e Copista ancora di qualche celebre Compositore, del quale conservi Originali d'Opere, di Serenate, etc., rubando da quelli e da altri ancora pensieri di Ritornelli, Sinfonie, Arie, Recitativi, Follie, Chori, etc.

Prima di ricever l'Opera dal Poeta ordinerà al medesimo metri e quantità de' versi dell'Arie, pregandolo in oltre, che glie la faccia copiar di carattere intelligibile; che non gli manchino Punti, Virgole, Interrogativi, etc., benché poi nel comporla non avrà riguardo veruno né a Punti, né a Interrogativi, né a Virgole.

Prima di metter mano nell'Opera visiterà tuttè le Virtuose, alle quali esibirà di servirle a lor genio, cioè d'Arie senza Bassi, di Furlanette, di Rigadoni, etc., il tutto con Violini, Orso e Comparse all'unissono.

Si guarderà poi di legger l'Opera tutta per non confondersi, bensì la comporrà Verso per Verso, avvertendo ancora di far cambiar subito tutte l'Arie, servendosi poi nelle medesime di motivi già preparati fra l'anno; e se le Parole nuove di dette Arie non andassero felicemente sotto le Note (il che per lo più suole accadere) tormenterà di nuovo il Poeta finché ne resti appien sodisfatto.

Comporrà tutte l'Arie con Stromenti, avvertendo che ogni Parte proceda con Note o Figure del valore medesimo, siano queste o Crome o Semicrome o Biscrome; dovendosi piuttosto (per compor bene all'uso moderno) cercar lo Strepito che l'Armonia, la quale consiste principalmente nel diverso valore delle Figure, parte legate, parte battute, etc.; anzi per schivare tale Armonia non dovrà il Compositore moderno servirsi d'altra legatura, che (alla Cadenza) della solita Quarta e Terza, nel che, se gli paresse ancora di dar troppo nell'antico, chiuderà l'Arie con tutti gli Stromenti all'unissono.

Avverta poi, che l'Arie sino al fine dell'Opera siano a vicenda una allegra ed una patetica, senza aver riguardo veruno a Parole, a Tuoni, a Convenienze di Scena. Se nell'Arie vi entrassero Nomi propri, verbigrazia Padre, Impero, Amore, Arena, Regno, Beltà, Lena, Core, etc., etc., no, senza, già, ed altri adverbi, dovrà il Compositore moderno comporvi sopra un ben lungo Passaggio: v. g. Paaaa … Impeeee … Amoooo … Areeee … Reeee … Beltàaaa … Lenaaaa … Coooo … etc., Noooo … Seeeen … Giàaaa … etc. E ciò per allontanarsi dall'antico Stile, che non usava il Passaggio su Nomi propri o sopra Adverbi; ma bensì sopra parole solamente significanti qualche passione o moto, v. g. tormento, affanno, canto, volar, cader, etc. etc. etc.

Ne' Recitativi la Modulazione sarà a capriccio, movendo il Basso con la frequenza possibile; e, composta ogni Scena (quando sia egli maritato con VIRTUOSA), la farà sentire alla Moglie, se no, al Servitore, al Copista, etc.

All'Ariette tutte dovranno precedere Ritornelli assai lunghi con Violini unissoni, composti per ordinario di Semicronie o Biscrome e questi si faranno suonar mezzi piano per rendergli più nuovi e men fastidiosi, avvertendo che l'arie che seguono, con detti Ritornelli non abbiano punto che fare.

L'Ariette poi dovranno procedere senza Basso, e per sostenere il Musico in Tuono, se gli farà accompagnar da Violini all'unissono, facendo ancora in tal caso far qualche Nota di Basso alle Violette; ma questo è ad libitum.

Quando il Musico è alla Cadenza, farà il Maestro di Capella fermar tutti gli Stromenti; lasciando l'arbitrio al Virtuoso o Virtuosa di trattenersi quanto gli piace.

Non faticherà molto intorno a Duetti o Chori, quali ancora procurerà si levino dall'Opera.

Nel resto aggiongerà il Maestro di Capella moderno, ch'egli compone cose di poco studio e con moltissimi errori per soddisfare all'Udienza, condannando in tal forma il gusto dell'Uditorio, che veramente si compiace di ciò che sente talvolta, benché non buono, perché non gli vien fatto gustare il migliore.

Servirà l'Impresario a pochissimo prezzo, riflettendo alle molte migliaia di Scudi, che gli costano i VIRTUOSI dell'Opera, che però si contenterà di Paga inferiore al più infimo di quelli, purché non gli venga fatto torto dall'Orso e dalle Comparse.

Caminando il Compositore con Virtuosi, particolarmente CASTRATI, darà sempre loro la mano dritta, starà con cappello in mano, un passo indietro, riflettendo che il più inferiore di questi è nell'Opere per lo meno un Generale, un Capitano del Re, della Regina, etc.

Incalzerà e lenterà il tempo dell'Arie a genio de' VIRTUOSI, dissimulando qualunque loro indiscretezza, col riflesso che la propria Riputazione, Credito ed interesse, sta in le lor mani; che perciò gli cambierà, occorrendo, Arie, Recitativi, Diesis, Bmolli, Bquadri, etc.

Dovranno formarsi tutte le Canzonette delle medesime cose, cioè di Passaggi lunghissimi, di Sincope, di Semituoni, d'alterazioni di Sillabe, di repliche di Parole nulla significanti, v. g. Amore amore, Impero Impero, Europa Europa, furori furori, orgoglio orgoglio, etc. etc. etc.; che però dovrà il Compositore moderno per tal effetto, quando compone l'Opera, aver sempre dinanzi agl'occhi una Nota o Inventario delle sopradette cose tutte, senza alcuna delle quali non terminerà mai Arietta veruna e ciò per sfuggire al possibile la Varietà, che non è più in uso.

Terminato il Recitativo in Bmolle s'attaccherà subito un'Aria con tre o quattro

Diesis obligati in Chiave, ripigliando poi il seguente Recitativo per Bmolle, e ciò a titolo di Novità.

Dividerà parimente il Maestro moderno il sentimento o significato delle parole, particolarmente nell'Arie, facendo cantare al MUSICO il primo verso (benché da sé solo nulla significhi) e poi introducendo un lungo Ritornello di Violini, Violette, etc. etc.

Avverta il Maestro moderno se dasse lezzione a qual che VIRTUOSA dell'Opera, d'incaricarla a pronunciar male, e, per tal effetto, insegnarle gran quantità di Spezzature e di Passi, perché non s'intenda veruna parola e in tal maniera comparisca e sia meglio intesa la Musica.

Quando li violini suonano il Basso senza Cembali o Contrabassi, non importa punto che le Chorde di detto Basso (rispetto alla Voce e all'Istromento d'arco) coprano la Parte che canta, il che suole accader per lo più nell'Arie de' Contralti, Tenori e Bassi.

Dovrà il Maestro di Capella moderno ancora compor Canzonette particolarmente in contr'alto o mezzo soprano, che i Bassi accompagnino o suonino la medesima cosa all'Ottava bassa e li violini all'Ottava alta, scrivendo sulla Partitura tutte le Parti, e così s'intenderà di comporre a tre, benché l'Arietta in sostanza sia d'una Parte sola diversificata solamente per Ottava in grave e in acuto.

Volendo il Compositor moderno comporre a quattro, dovranno indispensabilmente due Parti procedere all'unissono o per Ottava diversificando in ciò ancora l'andamento del Motivo: v. g. se una Parte camina di Semiminime o Crome, l'altra procederà di Semicrome o Biscrome, etc...

Il Basso di Crome sarà chiamato, dal Maestro di Capella moderno, Basso cromatico, imperciocché l'intelligenza del termine cromatico non gli conviene; avvertendo egli ancora (come si è detto di sopra) di non intendersi punto di Poesia, imperciocché tale intelligenza parimente conveniva a' Musici antichi, cioè Pindaro, Arione, Orfeo, Hesiodo, etc. li quali, secondo Pausania, erano Poeti eccellentissimi non meno che Musici, ed il moderno Compositore deve usar ogni studio per allontanarsi da quelli, etc.

Alletterà il Popolo con Ariette accompagnate da Stromenti pizzicati, Sordini, Trombe marine, Piombé, etc.

Pretenderà il Compositore moderno dall'Impresario (oltre l'Onorario) il Regalo d'un Poeta da potersene servire a suo modo; e subito composta l'Opera la farà sentire ad Amici, che nulla intendano, con l'opinione de' quali regolerà Ritornelli, Passaggi, Appoggiature, Diesis enarmonici, Bmolli cromatici, etc.

Avverta il moderno Compositore di non trascurare il solito Recitativo sopra Cromatici o con Stromenti, obbligando perciò il Poeta (regalatogli come sopra dall'Impresario) a fargli una Scena di Sagrificio, di Pazzia, di Prigione, etc.

Non farà mai Arie con Basso solo obbligato, riflettendo che oltre ciò non essere più in costume, nel tempo che v'impiegasse, può comporne una dozzina con gli Stromenti.

Volendosi poi comporre qualche Aria con Bassi, dovranno questi formarsi di due o tre Note al più ribattute o legate in guisa di Pedale, avvertendo sopra ogni cosa, che tutte le seconde Parti siano di roba vecchia,

Se l'Impresario poi si lamentasse della Musica, protesterà il Compositore che ciò fa a torto, avendo posto egli nell'Opera un terzo di Note più del solito, ed impiegatevi quasi cinquant'ore in comporla.

Se qualche Aria non piacesse alle VIRTUOSE o lor Protettori, dirà che conviene sentirla in Teatro, con gli Stromenti, con gli Abiti, co' Lumini, con le Comparse, etc.

Dovrà il Maestro di Capella, terminato ogni Ritornello, far cenno con la Testa a' VIRTUOSI, perch'entrino a tempo; imperciocché non potranno essi saperlo mai per la solita lunghezza e variazione del Ritornello medesimo.

Alcune Arie si comporranno in Stile di Basso, benché servano a Contr'alti e Soprani.

Obbligherà il Maestro moderno l'Impresario a fargli una grossa orchestra di Violini, Oboè, Corni, etc., risparmiandogli piuttosto la spesa ne' Contrabassi, non dovendo egli di questi servirsene che nell'accordar da principio.

La Sinfonia consisterà in un Tempo Francese o prestissimo di Semicrome in Tuono con terza maggiore, al quale dovrà succedere al solito un Piano del medesimo Tuono in terza minore, chiudendo finalmente con Minuetto, Gavotta o Gigha nuovamente in terza maggiore, e sfuggendo in tal forma Fughe, Legature, Soggetti, etc., come cose antiche fuori affatto del moderno costume.

Procurerà il Maestro di Capella, che l'Arie migliori tocchino sempre alla prima Donna, e dovendosi abbreviar l'Opera non permetterà che si levino Arie o Ritornelli, ma piuttosto Scene intere di Recitativo, dell'Orso, de' Terremoti, etc.

Se la seconda Donna si lamentasse nella Parte d'aver manco note della prima, procurerà consolarla, ragguagliandone il numero con Passaggi nell'Arie, appoggiature, Passi di buon gusto, etc. etc. etc.

Si servirà il Maestro di Capella moderno d'Arie vecchie composte in altri Paesi, facendo profondissime riverenze a Protettori di Virtuose, Dilettanti di Musica, Affittascagni, Comparse, Operari, etc., raccomandandosi a tutti.

Dovendo cambiar Canzonette, non le cambierà mai in meglio, e qualunque Arietta, che non incontri, dirà esser l'Aria del Maestro, ma ch'è strapazzata da' Musici, non intesa dal Popolo, etc., avvertendo di smorzare i Lumi, che tiene al Cembalo, nell'Arie senza Basso, per riscaldarsi manco la Testa, riaccendendoli a' Recitativi.

Sarà il Compositore moderno attentissimo con tutte le VIRTUOSE dell'Opera, regalandogli Cantate vecchie e trasportate secondo le Voci loro, aggiungendo ad ognuna, che l'Opera sta in piedi per la di lei Virtù, e lo stesso dirà ad ogni Musico, ad ogni Suonatore, ad ogni Comparsa, Orso, Terremoto, etc.

Condurrà ogni sera Maschere franche di porta, quali farà sedersi appresso in Orchestra, licenziando alcune volte il Violoncello o Contrabasso per commodo delle medesime.

Tutti li Maestri di Capella moderni faranno porre sotto il Nome degli Attori le parole seguenti:

La Musica è del sempre arciceleberrimo Signor N. N. Maestro di Cappella, di Concerti, di Camera, di Ballo, di Scherma, etc. etc. etc.

A' MUSICI

Non dovrà il VIRTUOSO moderno aver Solfeggiato, né mai Solfeggiare per non cader nel pericolo di fermar la Voce, d'intonar giusto, d'andar a tempo, etc., essendo tali cose fuori affatto del moderno costume.

Non è molto necessario che il VIRTUOSO sappia leggere, o scrivere, che pronunzi ben le Vocali, ch'esprima le Consonanti semplici o replicate, che intenda il sentimento delle Parole, etc.; ma bensì che confonda Sensi, Lettere, Sillabe, etc., per far Passi di buon gusto, Trilli, Appoggiature, Cadenze lunghissime, etc. etc. etc.

Dovrà il VIRTUOSO procurar sempre la prima Parte, etc. facendo con l'Impresario Scrittura d'un terzo di più dell'Onorario già convenuto, a titolo di Riputazione.

Se potesse avvezzarsi a dire, che non è in voce, che non canta mai, ch'è tormentato da Flussione, Dolor di Capo, di Denti, di Stomaco, etc., ciò sarebbe da buon VIRTUOSO moderno.

Si lamenterà sempre della Parte, dicendo che quello non è il suo fare, riguardo all'Azzione, che l'Arie non sono per la sua abilità, etc., cantando in tal caso qualche Arietta d'altro compositore, protestando, che questa alla tal Corte, appresso il tale gran Personaggio (non tocca a lui dirlo) portava tutto l'applauso, e gli è stata Fatta replicare sino a diecisette volte per sera.

Canterà piano alle Prove, e nell'Arie farà sempre la Battuta a suo modo. Nelle Prove in Teatro starà per lo più con una mano nel Giustacuore, con l'altra in Scarsella, avvertendo sopra ogni cosa che nelle messe di Voce non s'intenda pure una Sillaba.

Starà sempre col Cappello in Testa, ancorché qualche Personaggio di qualità seco parlasse, a motivo di non raffreddarsi, e salutando alcuno non abbasserà mai il Capo, riflettendo ch'egli rappresenta Principi, Re, Imperatori, etc.

Canterà nel Teatro con la bocca socchiusa, co' denti stretti; in somma farà il possibile perché non s'intenda neppure una parola di ciò che dice, avvertendo ne' Recitativi di non fermarsi né a Punti, né a Virgole; ed essendo in Scena con altro Personaggio, sino che quegli parla seco per convenienza del Dramma o canta un'Arietta, saluterà le Maschere ne' palchetti, sorriderà co' Suonatori, con le Comparse, etc., perché il popolo chiaramente comprenda esser egli il signor ALIPIO FORCONI musico, non il principe ZOROASTRO, che rappresenta.

Sino a tanto si fa il Ritornello dell'Arie, si ritirerà il VIRTUOSO verso le Scene, prenderà Tabacco, dirà agli Amici che non è in voce, ch'è raffreddato, etc. e cantando poi l'Aria avverta bene, che alla Cadenza potrà fermarsi quanto gli pare, componendovi sopra passi e belle maniere ad arbitrio, che già il Maestro di Capella in quel tempo alzerà le Mani dal Cembalo e prenderà Tabacco per attender il di lui commodo. Dovrà parimente in tal caso ripigliar fiato più d'una volta, prima di chiudere con un Trillo, quale studierà di battere velocissimamente a principio senza prepararlo con messa di Voce, e ricercando tutte le Chorde possibili dell'acuto.

Farà l'Azzione a capriccio, imperciocché, non dovendo il VIRTUOSO moderno intender punto il sentimento delle parole, non deve formalizarsi veruna attitudine o movimento, ed entrerà sempre per la parte ch'entra la prima Donna o verso il Palchetto de' Musici.

Tornando da capo, cambierà tutta l'Aria a suo modo, e, quantunque il cambiamento non abbia punto che fare col Basso o con li violini e convenga alterare il tempo, ciò non importa, perché già (come si è detto di sopra) il Compositor della Musica è rassegnato.

Se il VIRTUOSO rappresentasse una parte di Prigioniero, di Schiavo, etc., dovrà comparire ben incipriato, con Abito ben carico di gioie, Cimiero altissimo, Spada e Catene ben lunghe, e rilucenti, battendole e ribattendole frequentemente per indurre il popolo a compassione, etc.

Cercherà Protezione di qualche gran Personaggio per potersi contrasegnare sul libro: VIRTUOSO di Corte, di Camera, di Campagna, etc. del tal Signore.

Se l'Impresario fosse di poco credito, pretenderà Pieggiaria, Viaggi e Spese; ma non potendo ciò conseguire, canterà nulladimeno, prendendo a conto Biglietti, Affitti di Palchi, Speranze, Riverenze, etc.

Anderà difficilmente il VIRTUOSO moderno a cantare a veruna Conversazione, dove però capitando, si affaccierà tosto allo Specchio, accommodandosi la Perucca, stirando li Manichetti, alzando il Fazzoletto da Collo, perché si veda il solito Bottone di Diamanti, etc. Toccherà poi il Cembalo con svogliatezza, e cantando a memoria ricomincierà più volte come se non potesse; e terminato il favore, si porrà a discorrere (a motivo di cogliere applausi) con qualche Signora, narrandogli Accidenti di Viaggi, Corrispondenze e Maneggi Politici, etc., disputando poi sopra il Genio, sospirando con occhiate di qualche Passione, e gettandosi incessantemente un groppo o l'altro della Perrucca doppo le spalle. Presenterà alla Signora Tabacco ogni momento con diversa Scatola (nella quale farà vedere il proprio Ritratto), mostrerà gran Diamante intagliato minutamente di Passaggi, Cadenze, Trilli, e con qualche Scena di forza, Sonetti, Orsi uccisi, etc. etc. quale dirà esser stato fatto lavorare da Protettore cospicuo, aggiungendo che non lo esibisce a lei per non fargli torto, etc. etc. etc.

Passeggiando il VIRTUOSO moderno con qualunque gran Letterato, non gli darà mai la man dritta, riflettendo, che appresso la maggior parte degli uomini il MUSICO è in credito di VIRTUOSO, e il Letterato d'uomo commune; anzi persuaderà egli il Letterato, sia Filosofo, Poeta, Matematico, Medico, Oratore, etc., a volersi far MUSICO, considerandogli seriamente, che a' MUSICI (oltre la gran dignità nella quale sono) non mancano mai Denari, e i Letterati per lo più si muoiono dalla fame.

Se il Virtuoso fosse solito far parte da Donna, porterà sempre sulla Vita un Bustino con addosso Nèi, Rossetto, Specchietto, etc., facendosi la Barba due volte il giorno.

Pretenderà il Virtuoso moderno, l'Onorario di somma rilevantissima a riguardo di doversi mantener tutto l'anno da Capitano o General con suo Esercito, da Principe, Re o Imperatore con sua Corte, Ministri, Segretari, Consiglieri, etc., dando generosamente Guanti, Scarpe, Calzette dell'Opera al Servitore c'avrà con sé, e tanto più se gli fosse qualche poco parente. Il Servitore poi, sino che il Virtuoso parla con l'impresario, si ritirerà con qualche Suggeritore o Suonatore o Pittor di Scene, narrandogli cose grandi dell'incontro del sig. ALIPIO suo, aggiungendo, che l'interesse dell'Impresario sarebbe di fermarlo ad occhi chiusi, che non ha mai fallato in luogo veruno, ch'è instancabile alle fatiche, che mai sì raffredda, che ha Trilli e Cadenze novissime, etc. etc.

Se il MUSICO fosse Tenore o Basso, potrà servirsi parimente di tutti gli Avvertimenti dati di sopra, aggiungendo che il BASSO cantando deve tenoreggiare con Passi e Chorde acutissime, ed il TENORE deve scendere al possibile nelle Chorde del BASSO, ascendendo però col falsetto sino al CONTRALTO, nulla importando che, per ciò fare, la Voce sia di Naso o di Gola.

TENORI e BASSI sapranno per lo più comporre, e nell'Opere vecchie si faranno l'Arie, battendole in Scena con la Mano e col Piede.

Se il VIRTUOSO fosse Contralto, o Soprano avrà qualche buon Amico che parli a suo favore nelle Conversazioni, che lo dichiari (a gloria della verità) di civile ed onorata Famiglia, aggiungendo, che a motivo di pericolosissima Infermità ha convenuto soccombere all'Incisione; per altro, c'ha un Fratello Lettore di Filosofia, un altro Medico, una Sorella Monaca da Officio, un'altra maritata in un Cittadino, etc. etc. etc.

Facendo il VIRTUOSO moderno Duello e restando ferito in un braccio, farà l'Azione ancora col Braccio ferito, e dovendo bever Veleno, canterà l'Aria con la Tazza in mano, voltandola e rivoltandola, perché già è vuota.

Avrà alcuni Movimenti particolari, o di Mano, o di Ginocchio, o di Piede, de' quali si servirà a vicenda in tutta l'Opera l'un dopo l'altro sino al fine della medesima.

Sbagliando un'Aria più d'una volta, o che non avesse applauso, dirà che non è Aria per Teatro, che non si può cantare, etc., pretendendo che si muti con dire che in Teatro li MUSICI, e non il Maestro di Capella, devono comparire.

Farà la Corte a tutte le Virtuose e lor Protettori, non disperando, per mezzo della Virtù e della solita esemplar Modestia, di conseguire Titoli di Conte, Marchese, Cavaliere, etc. etc. etc.

ALLE CANTATRICI

In primo luogo dovrà la VIRTUOSA moderna incominciare a recitar sul Teatro prima di toccar gli anni tredici, nel qual tempo non dovrà saper molto leggere, non essendo ciò necessario alle VIRTUOSE correnti; per tal effetto dovrà ben tenere a memoria alcune Arie vecchie d'Opera, Minuetti, Cantate, etc., facendosi sempre sentire con le medesime, e non avrà mai Solfeggiato né Solfeggierà mai, per non cader ne' pericoli detti di sopra al VIRTUOSO moderno.

Dovrà, quando venga ricercata dall'Impresario per via di Lettere, non risponder subito, e nelle prime Risposte significargli non poter risolvere così presto, avendo altre istanze (benché non sia vero) e, risolvendo poi, pretenderà sempre la prima Parte.

Quando però non sortisca alla VIRTUOSA di ciò con seguire, si accorderà non ostante per la Seconda, Terza e per la Quarta ancora, facendo ella parimente una Scrittura avvantaggiosa a norma del MUSICO e se avesse Zio, Fratello, Padre, Marito, Suonatore, Musico, Ballarino, Compositore, etc., pretenderà ch'egli pure venga impiegato.

Dimanderà che gli venga, subito che si può, spedita la parte, quale si farà insegnare da Maestro CRICA con Variazioni, Passi, belle maniere, etc., avvertendo sopra ogni cosa di non intender punto il sentimento delle parole, né cercare tampoco chi glielo spieghi.

Avrà bensì qualche Avvocato o Dottor familiare, che gl'insegnerà mover le braccia, batter il piede, girar il Capo, soffiarsi il Naso, etc., senza rendergli però ragione veruna di ciò per non confonderla sovverchiamente.

I Passi, le Variazioni, le belle maniere, etc., se gli farà scrivere da Maestro CRICA sopra quel solito Libro a ciò destinato, quale sempre porterà seco per ogni Paese.

Non si farà sentire dall'Impresario alla prima Visita, ma dirà al medesimo, (sempre presente la signora MADRE): «ch'al m' scusa mo se sta sira a n' poss' servirel, perch'a n'ho mai psù durmir in quel Pladur d' qula maledtta Barca pina d' cent' spirit', ch'a j n'era dù o tri ch' pipavin, ch'i m'ha fatt' vegnir al Zirament' d' Testa, ch'a ni ved lum'e s' m' dura anch'». Ripigliando la signora MADRE: «O al mi car Sgnor Impersarj, a s' fa pur i gran patiment' in sti benditt Viaz'».

Ritornato poi l'Impresario a visitarla e sentirla col Maestro dell'Opera, doppo molte cerimonie e scuse, canter la solita Cantata:

Impara a non dar fede

A chi fede ti giura, anima mia,

e non ricordandosi qualche bella maniera, ricercherà subito la Signora MADRE, che prenda fuor dal Baulo il Libro de' Passi, quali non farà mai a tempo, soggiungendo «ch'j scusin mò, ch'l'è un gran pezz ch'an' la digh; e po st'istrument è alt pur assà più dal mì, e st' Recitativ' è trop' malinconich, st'Aria la n'è in s'al mi far, etc.» benché in fatti derivi la difficoltà dal non avere il solito Maestro CRICA che l'accompagni.

A mezza l'Aria poi sopravenendo la Tosse alla VIRTUOSA, soggiungerà la Signora MADRE: «In verità bona ch' sta Cantà è poc' ch'la j è arivà d'vì, e adess' solament la la dis all'improvis: ma la j dirà ben degl'Arj dal Giustin, e dal Faramond', ch'jn mjori d' questi. A j è po' anc' l'Aria dal GEL e dal CALD, qul'altra dal QUSÌ QUSÌ QUSÌ, qul'altra dal NON SI PÒ, la Scena dal FAZZULETT, dal STIL, dla PAZZÌ, che la Ragazza l' dis, e s'el fa tutt'a maraveja».

Procurerà la VIRTUOSA Lettere di raccomandazione a Dame, Cavalieri, Monache, etc., a' quali con una Visita di complimento le presenterà, non lasciandosi mai più vedere da essi a titolo di Rispetto, se non venisse regalata frequentemente.

Gli sarà bensì di maggior profitto il farsi indrizzare a qualche ricco e generoso Mercante, perché questo provederà di Vino, Legne, Carbone, etc., l'inviterà spesso a Pranzo, l'aspetterà a Cena, etc.

Se l'Alloggìo andasse a sue spese, si ritirerà in picciola Abitazione purché sia vicina al Teatro, dove, riverendo Personaggi di qualità, dirà al solito: «Ch'j scusin mò Sgnouri s'i vinen in st' Cagnizz' d' Tugurj, ch'l par just un Partimintin d' quell dal Camp' di Bù, perch' al bisogna acmodars' alla mej ch' a s' po', pr' esser vsin al Teatr'. Dal rest' al me Pajes a i hò un strazz' d' Cà da povra Zovna si ben, ma però aj vin la più fiurì e nobil Conversazion».

Cercherà un Protettore particolare ed assiduo, e questo si chiamerà signor PROCOLO, avvertendo (come s'è detto di sopra al MUSICO) d'aver sempre Tosse, Raffreddore, Flussione, Dolor di Capo, di Gola, di Fianchi, etc., lamentandosi con dire: «An' sò, ch' razza d' Città sipa mai questa che st'ajer m' fa semper Psar la Testa ch'la par un madon, e o st' pan, e st' vin', ch' as' compra al m' fa un mal al Stomg', ch'a nal poss' padir assolutament».

Se il Poeta andasse con l'Impresario a leggerli l'oppera, non ascolterà che appena la Parte sua, quale pretenderà che si rifaccia a suo modo, aggiungendo e levando Versi di Recitativo, Scene di pianto, Deliri, Disperazioni, etc. etc. etc.

Si farà sempre aspettare alle Prove, dove comparirà per mano del signor PROCOLO salutando con occhio parziale tutti li Circostanti: del che rimproverata dal signor PROCOLO, risponderà bruscamente: «Cos'è sti smorfi, sti zelusì sproposità? siv' matt? A n' savì gnanch' ch'la Profession porta aqusì? Mo a son pur stuffa di fatt vuster, etc.».

Non canterà mai l'Arie alla prima Prova; né farà i Passi e Cadenze da Maestro

CRICA insegnatigli sopra di esse che alla Prova generale in Teatro.

Farà sempre tornar da capo l'Orchestra pretendendo che tutte l'Arie vadano più tarde o più preste conforme porteranno i Passi sudetti.

Mancherà a molte Prove, mandandovi in cambio la signora MADRE a far le sue scuse, la quale per lo più dovrà dire: «ch'i compatissin mo Sgnouri, perch' in sta Nott' la Ragazza la n'ha mai sù durmir una gozza, perch'l' ha sintù tant'i gran fracass' per la strà, ch' j era d'avis, d' sentir just la Caruzzazza d'Bulogna. La Ca' è po pina d' Pundgh', che tant' quant' as'principia a volers' apisular un puctin, i dan sù tutt' ch'i parin tant Diavel'; e pò vers' dì l'ha pers' la Scuffia dla Nott', e s' n' l'ha mai psù truvar, ch'l'è stà causa che la s'è afferdà, e s'n' cred' ch'in tutt'ancù la s' livarà da Lett».

Si lamenterà sempre la VIRTUOSA dell'Abito d'Opera, ch'è povero, che non è alla Moda, ch'è stato portato da altre, obbligando il signor PROCOLO a farlo rifare, mandandolo e rimandandolo ogni momento dal Sarto, Calzolaro, Acconciateste, etc.

Subito andata l'Opera in Scena, scriverà Lettere agli Amici, ch'è compatita sopra degli altri, che gli fanno replicar tutte l'Arie, i Recitativi, l'Azzione, il soffiarsi il Naso, etc., e che la Tale, che doveva far gran fracasso, appena è ascoltata, perché non intuona, ha cattivo Trillo, poca Voce, mal Sceneggiare, etc. etc., ramaricandosi però ella gravemente all'applauso di tutte l'altre.

Canterà tutte l'Arie battendole in Scena col Ventaglio o col Piede, e se la VIRTUOSA rappresentasse la prima parte pretenderà che nel palchetto de' Musici la signora MADRE sua occupi il primo luogo, ordinandogli di portar seco ogni sera Fazzoletti bianchi, e di Seta, Mulette, Ampolle con Gargarismi, Aghi, Nèi, Rossetto, Scaldino, Guanti, Polvere di Cipro, Specchietto, Libro de' Passi, etc. etc.

Avverta la VIRTUOSA di prolungar nelle Ariette per lo più l'ultime Sillabe d'ogni Parola v. g. Dolceeee... favellaaaa... quellaaaa... orgoglioooo... Sposoooo... etc. etc. e se per caso alcuna volta si accorgesse non intuonare, alterar il tempo, etc., dirà: «Sti malditt cembal stasira i en alt'arabià, e sì è just per causa d' qui bj Sgnouri d'Intermezz', ch'al par ch'l'Opera staga in pi per lor, e o qul'Orchestra j in piz di urb' ch' van al Caldir; gnanc' un'Aria ch'i m'i aven dà al so Temp just». Prima d'uscire in Scena prenderà sempre Tabacco o dal Protettore o dagli Amici o da qualche Comparsa, che gli dasse dell'illustrissima, e nell'uscir di Teatro accompagnata da Amici dimanderà Fazzoletti per coprirsi dall'Aria, dicendo per strada ragionevolmente alla Signora MADRE «ch'l'avverta ben, ch'a j lass'a li l'incargh' d' restituir sti fazzulett' a chi mi ha imprestà»

Dovrà con la frequenza possibile alzare in Scena ora il destro ora il braccio sinistro, cambiando sempre dall'una all'altra mano il Ventaglio, sputando ad ogni pausa dell'Arie; cantando con Testa, Bocca e Collo storto continuamente, avvertendo, se rappresentasse Parte da uomo, di tirar sempre su il Guanto d'una mano o dell'altra, d'aver sul Viso più Nèi, scordarsi frequentemente, nell'uscire, Spada, Cimiero, Perucca, etc. Sino che qualche Personaggio recita seco o canta l'Arietta, saluterà la VIRTUOSA moderna (come si è detto di sopra al MUSICO) le Maschere ne' Palchetti, sorridendo col Maestro di Capella, co' Suonatori, Comparse, Suggeritori, etc., ponendosi dopo il Ventaglio al Viso, perché si sappia dal popolo esser ella la Sign. GIANDUSSA PELATUTTI, non già l'Imperatrice FILASTROCCA che rappresenta, il di cui carattere maestoso potrà poi conservarlo fuor del Teatro.

Dirà sempre che, terminato il Carnovale, prende Marito, ch'è già promessa con Personaggio di qualità; e ricercata nell'Onorario, soggiungerà ch'è una bagatella, ma ch'è venuta per esser sentita e compatita, non ricusando poi a tal effetto Protettori ed Amici, di qualunque Grado, Nazione, Professione, Fortuna, etc.

La prima Donna insegnerà l'Azzione a tutta la Compagnia. Se la VIRTUOSA facesse da seconda Donna, pretenderà dal Poeta d'uscire in Scena la prima, e, ricevuta la Parte, numererà le Note e le Parole della medesima, e se in caso si accorgesse d'esser inferiore a quella della prima Donna, obbligherà Poeta e Maestro di Capella a raguagliargliela così di Parole come di Note, avvertendo di non cedergli punto nello strascico della Coda, nel Belletto, Nèi, Trillo, Passi, Cadenze, Protettore, Papagallo, Civetta, etc.

Anderà a visitare ora questo ora quel Palchetto, dove si lamenterà sempre, dicendo: «Aj hò ben po una Part ch' n'è mai fatta al me doss', e po sta sira an' poss' avrir la bocca d' sorta fatta, cosa ch' n' m' è mai intravegnù in tant Pajs ch'a j ho cantà ai mi dì. E po an' s' po' miga far l'ation e cantar a temp' Musica d' sta fatta ch'l'è stretta inspirtà, e s' n' si po far gnint dentr': e s' l'Impersarj, o 'l Mester d'Capella n'j n' cuntint, ch'i vegnin lor a cantarla, ch' mi a son stuffa. E s'j n' m' lassaran star a son Mustazzina d' fari al Bal dal Pianton, ch' a n' ho brisa pora d' bi umorin, ch' a j hò anca mi 'l mi protezion, etc.».

Farà Cadenze la VIRTUOSA moderna di cento bocconi, avvertendo (conforme s'è detto di sopra al MUSICO) di ripiglar fiato più volte, ricercar gli ultimi acuti, e dar al Trillo la solita storta di Collo; e ricercata dal Maestro di Capella delle sue Chorde, ne dirà sempre due o tre più alte e più basse.

Condurrà seco ogni sera (per aggiunger Concorso e credito all'Opera) dieci o dodeci Maschere franche di porta, oltre il Signor PROCOLO, alquanti Sotto PROCOLI, il Maestro dell'Azzione, etc. etc. etc.

Facendosi sentire la VIRTUOSA dall'Impresario, gli canterà al Cembalo con l'Azzione, e rappresentandogli qualche Scena in due Personaggi a sedere, farà entrare, in luogo dell'altro, o la Signora MADRE o 'l Protettore o la Serva di Casa.

Anderà alla Prova generale d'altri Teatri facendo applauso a' Virtuosi nel tempo che ogn'uno è in silenzio, acciò si sappia da tutti ch'ella è presente: aggiungendo a chi fosse in sua Compagnia: «Mo perch'a n'oja mai mi qul'Aria con quel Recitativ', o qula Scena dal Stil, o dal Vlen, o dal piant' in Znoch'? Guardà cmod' i languiss' in bocca ogn' cosa a qula gran Virtuosa da cinqu' millia cinquecent' e cinquantacinqu' lir dla nostra Munejda? Mi a n' m' tocca mai sti baz: sempr' del part' spalà, di Suliloquj etern', di Lazarun, ch' a n' s' po' gnanc' mustrar qula poc' d'abilità ch' s' hà, etc. etc.».

Avuta la Parte della second'Opera, manderà subito l'Ariette (quali per maggior sollecitudine farà copiar senza Basso) a Maestro CRICA, perché le scriva i passi, le variazioni, le belle maniere, etc. E maestro CRICA senza saper l'intenzione del Compositore quanto al tempo delle medesime e come siano concertati bassi o istromenti, scriverà sotto di esse nelloco vacuo del basso tutto ciò che gli verrà in Capo in gran quantità, perché la VIRTUOSA possa variar ogni sera.

Lodata, la VIRTUOSA risponderà sempre star mal di voce, non poter cantare, che non canta mai, etc. e prima di partire dal suo Paese pretenderà dall'Impresario metà dell'Onorario per far il Viaggio, vestir il Protettore, provvedersi d'Ovata, di Trilli, Appoggiature, etc. etc.; e porterà seco Papagallo, Civetta, un Gatto, due Cagnolini, una Chizza gravida ed altri Animali, ai quali tutti il Signor PROCOLO darà da mangiar e bere per viaggio.

Ricercata poi d'altra Virtuosa, risponderà: «A la cgnoss' a risgh' a risgh, e con lì a n' hò mai avù incontr' d' recitari». Ma se avesse cantato seco ripiglierà: «L'è mej taser, ch' mal parlar, e po la feva una Partsina, ch'la n' aveva altr' ch' trei Arj e s'i in tossen d' vi dou la seconda sira. E po la s'ingrassa tan ch'la par un sacc' vsti, e s' losna al temp ch'la guarda un puctin tra la Zeda e al Pergular, e in Scena l'è ladra arabià. L'è po invidiousa e s' pianz' agl' applaus degli altr', e a so mi ch'l' hà di annaritt', seben ch' al Prutettor e so Mader la fan una fantsina; la s'è dscredità po l'ultima volta a recitar in s' la Sala, etc. etc.».

La prima Donna baderà pochissimo alla seconda, la seconda alla terza, etc.; non l'ascolterà in scena, ritirandosi nel tempo che canta l'Aria, prendendo Tabacco dal Protettore, soffiandosi il Naso, guardandosi in Specchio, etc. etc.

Se la VIRTUOSA avrà una Parte d'azzione e che non incontri, dirà che per lo più gli tocca far scena col Tale o con la Tale che non gli danno i Lazi opportuni; e non avendo Parte d'azzione, protesterà che il Poeta e 'l Maestro di Capella l'hanno assassinata con tutto che siano stati avvisati della sua abilità, pregati dal signor PROCOLO e regalati.

Non farà mai a modo dell'Impresario, fuorché nellamentarsi della Parte, nel farsi aspettar alle Prove, nellasciar l'Arie, etc.

Venendo favorita di Sonetti, ne appenderà molti nella Stanza del Clavicembalo: avvertendo di far unire quelli di Seta, benché siano di vari colori, dalla Signora MADRE, per far Coperte alla Tavoletta, al Busto, etc. Manderà Libretto, Arie, Sonetti, Epigrammi ed alquanti Ritagli dell'Abito al Protettore che seco non fosse; e prima d'incominciare ogni Arietta, guarderà attentamente il Maestro di Capella o 'l primo Violino aspettando da loro il cenno per entrar a tempo, etc.

Metterà ogni studio la VIRTUOSA moderna per variar l'Arie ogni sera e quantunque le Variazioni non abbiano punto che fare col Basso, co' Violini unissoni o concertati o convenga non intuonare, ciò nulla importa, perché il Maestro di Capella moderno già è Sordo e Muto. E quando non sappia la VIRTUOSA che più variare, studierà di fare i Passi ancora nel Trillo, che ciò solamente resta a sentirsi dalle VIRTUOSE correnti.

Cantando Duetti non si unirà mai col Compagno e particolarmente tarderà alla Cadenza piccandosi di Trillo lungo; e dirà di non voler Arie, che morano in Scena, desiderando di ricever dal Popolo il solito Eviva o buon Viaggio nell'entrar dentro.

Non leggerà però mai il Libretto dell'Opera, imperciocché (come si è detto di sopra) la VIRTUOSA moderna non deve intenderlo punto e nel scioglimento all'ultima Scena sarà ben fatto che non badi molto, si metta a ridere, etc.

Nell'Arie e Recitativi d'azzione avverta bene di servirsi ogni sera de' stessi Movimenti di Mano, Testa, Ventaglio etc., soffiandosi il Naso all'ora solita, col bel Fazzoletto, quale per lo più si farà portare dal Paggio in qualche Scena di forza.

Facendo la VIRTUOSA porre qualche Personaggio in Catene e cantandogli un'Aria di sdegno, nel tempo del Ritornello parlerà col medesimo, riderà, gli mostrerà Maschere ne' Palchetti, etc.

Se cantasse Arie con parole di Crudele, Traditor, Tiranno, etc., guarderà sempre il Protettore nel Palchetto, o dentro le Scene: nell'altre poi di caro, mia Vita, etc., si rivolgerà al Suggeritore, all'Orso, o a qualche Comparsa.

Procurerà d'introdurre in tutte l'Arie preste, patetiche, allegre, etc., un certo novissimo Passo di Semicrome legate a 3 a 3, e ciò per sfuggire al possibile la varietà nel cantare, che più non s'usa, e quanto sarà più acuto Soprano, tanto sarà più facile che ottenga la prima Parte.

Piangerà dirottamente (a moti d'invidia virtuosa) all'applauso di qualunque Personaggio, Orso, Terremoto, etc., pretendendo dal signor PROCOLO i soliti SONETTI ad ogn' Aria.

Se la VIRTUOSA dovesse rappresentare Parte da Uomo, dirà la signora MADRE: «o in quant' a quel bisogna ch' tutt' ceden alla mi Fiola. An stà ben a mì a direl, ma per tutt' la s' è fatt' un'unor immurtal. Se ben ch'la par un po' goba, e affagutà, in scena però l'è dritta cm' è un fus', e linda cm' è un pindulin. L' è scarma, l' hà un par d' Gamb' ben fatt, ch' i paren du balaustr', e un bellissim caminar. E po a s' po infurmar d' qula gran Part da Tirann ch'l' hà fatt' l'an' passà a LUG (dov' as' fa qui gran Uperun) ch' tutt' i andavin drí matt'».

Saprà la VIRTUOSA a memoria la parte di tutti più che la sua, quale canterà tra le Scene, avvertendo ancora fin ch'altri canta di sturbarli al possibile, facendo gran strepito con l'Orso, Comparse, etc. e se il Signor PROCOLO salutasse, parlasse o facesse applauso a qualche Ragazza lo sgriderà bruscamente, dicendo gli: «A n' la vlen finir st'instoria, o vliv ch' av daga di smasslun, o di pugn' il t' al Mustazz' fin ch' a psì purtar, vecch' matt'? A nev' cuntintà d' una ch' a j avì tutt' l'impegn, ch' a vlì far al Muscon e al Sparaguai con tutti? Mo a qula Braghira po' a so quel ch' a j hò da far per farla abadar ai fait sù. La farev mej a star in ti su sì quatrin, perch' a son Mustazzina d' sbattri tant la Part' in tal grugn finch'la fazza la stoppa», etc. etc. etc. etc.

AGL' IMPRESARI

Non dovrà l'impresario moderno possedere notizia veruna delle cose appartenenti al Teatro, non intendendosi punto di Musica, di Poesia, di Pittura, etc.

Fermerà, per broglio d'Amici, Ingegneri di Scene, Mastri di Musica, Ballarini, Sarti, Comparse, etc., avvertendo di usar tutta l'economia in queste persone per poter pagar bene i Musici e particolarmente le Donne, l'Orso, la Tigre, le Saette, i Lampi, i Terremoti, etc.

Sceglierà un Protettore al Teatro, col quale anderà incontro alle Virtuose che venissero d'altro paese, ed arrivate che siano, gliele consegnerà con loro Papagalli, Cani, Civette, Padri, Madri, Fratelli, Sorelle, etc.

Raccomanderà al Poeta Scene di forza, e che quella dell'Orso sia per lo più al fine degli Atti, chiudendo l'Opera con le solite Nozze o scoprimenti di Personaggi per mezzo di Risposte d'Oracoli, di Stelle in petto, di Bende, di Nèi sul ginocchio, sulla Lingua, Orecchie, etc. etc,

Avuto dal Poeta il Libretto, anderà, prima di leggerlo, a visitare la prima Donna, pregandola di volerlo sentire; nel qual caso alla Lettura di detto Libro dovranno intervenire, oltre alla Virtuosa, il di lei Protettore, l'Avvocato, i Suggeritori, qualche Portinaro, qualche Comparsa, il Sarto, il Copista dell'Opera, l'Orso, il Cameriero del Protettore, etc.; nel qual tempo dirà ogn'uno la sua opinione, disapprovando ora questa, ora quella cosa, e l'Impresario destramente risponderà che a tutto sarà rimediato.

Consegnerà l'Opera al Maestro di Capella ai quattro del mese, dicendogli voler andar in Scena a' dodeci assolutamente; e che perciò per far presto non badi a Spropositi, Quinte, Ottave, Unissoni, etc.

Co' Pittori delle Scene, Sarti, Ballarini, etc., farà un accordo di tanto denaro per Opera, non prendendosi cura veruna di restar ben servito da quelli, fidandosi intieramente nella prima Donna, Intermezzi, Orso, Saette, Terremoti, etc. come sopra.

La parte di Figlio sarà sempre appoggiata a Virtuoso c'abbia vent'anni più della Madre.

Avrà sempre il manuscritto dell'Opera sotto l'occhio, Orologio da polvere, Brazzolaro, Gemi di Spago, etc. per rilevar la lunghezza di essa, Staio o Quarta in mano per misurar i Passi delle Virtuose, etc.

Ricevendo doglianze da Personaggi intorno alla parte, darà un ordine espresso al Poeta e al Compositor della Musica guastare il Dramma a sodisfazzione de' sopradetti.

Darà porta franca ogni sera al Medico, Avvocato, Speciale, Barbiere, Marangone, Compadre, ed Amici suoi con loro Famiglie per non restar mai a Teatro vuoto e per tal effetto pregherà Virtuosi e Virtuose, Maestro di Cappella, Suonatori, Orso, Comparse, etc., di voler condurre parimente ogni sera cinque o sei Maschere per uno senza Biglietti.

Sceglierà la second'Opera dopo che sia in Scena la prima soffrendo pazientemente qualunque indiscretezza de' Virtuosi, sul riflesso che questi la sera in Teatro con l'autorevole dignità di Principi, Re, Imperatori, etc., potrebbero sodisfarsi e gravemente mortificarlo, non intuonando, lasciando l'Arie, etc.

La maggior parte della Compagnia dovrà esser formata di Femmine; e se due Virtuose contendessero la prima Parte, farà l'Impresario comporre al Poeta due Parti eguali d'Arie, di Versi, di Recitativo, etc., avvertendo che il Nome d'ambedue sia pure formato della medesima quantità di Sillabe.

Pagando al termine delle Recite il Contrabasso e Violoncello, gli batterà tutte le seconde parti dell'Arie che non avranno suonato pregando a tal effetto il Compositor della Musica di far per lo più dette seconde parti senza una nota di BASSO e sceglierà Monete di non giusto peso per pagar Virtuosi, che fossero stati raffreddati, non avessero intuonato, etc. etc.

Accorderà Musici di poca stesa, Ragazze non più sentite, procurando che siano piuttosto leggiadre che Virtuose, perché abbondino di Protettori. Affitterà Palchi, Scagni, Soffitta, Botteghino, etc., subito avuto un Teatro, pagando tosto pontualmente pigione, provvedendo prudentemente di Vino, Legne, Carbone, Farina, etc., per tutto l'anno.

Pagherà i Viaggi l'Impresario alle Virtuose forastiere perché vengano sicuramente, promettendogli buon Alloggio vicino al Teatro, Cibarie, Biancaria, etc. e le alloggerà poi in qualche picciola cucinetta (pur che sia vicina al Teatro) ripiena però di tutte le sudette cose, e celebrerà per la città la loro Virtù, affine che qualche Protettor s'introduca e supplisca nell'avvenire cortesemente per lui.

Ricercato della Compagnia, dirà ch'è una Compagnia unita, che non v'è la parte odiosa, che v'è una Ragazza da Uomo che vuol far fracasso, un Orso novello, Saette, Tuoni, Tempeste, etc., altra Ragazza da Buffa di graziosissimo spirito ed un Buffo comprato a lira, che gli costa Tesori, ma ch'è il miglior Musico della città.

La prima Prova dell'Opera si farà in Casa della prima Donna, replicando poi dall'Avvocato del Teatro; e, ricercato da' Virtuosi di Pieggiaria, risponderà che diano ancor loro Pieggiaria di piacere al Popolo.

Nelle sere che si facessero pochi biglietti permetterà l'Impresario moderno a' Virtuosi di cantar mezze l'Arie, lasciar Recitativi, ridere in Palco, etc.; a' Suonatori di non dar pece all'arco; all'Orso di non far la sua scena; alle Comparse di pipar col Re, con la Regina, etc.

Nascendo co' Virtuosi qualche svario ne' Pagamenti, pretenderà l'Impresario risarcimento da' medesimi per occasione di Stonature, poca azzione, sfreddimenti, etc., e visiterà frequentemente tutte le Virtuose pregandole guardarsi dall'aria, assicurandole che tutta la città è sodisfatta de' loro Abiti, Nèi, Ventagli, Belletto, etc., che presto avranno Sonetti sopra Guantiere d'Argento, che a lui non importa che intuonino o pronunzino schietto, purché non si scordino a' luoghi soliti dell'Azzione, etc.

Raccomanderà al Maestro di Capella l'Arie strepitose, gaie, etc. etc. e ciò particolarmente dopo le Scene di forza; e non avrà difficoltà di prendere qualche Virtuosa maritata che fosse gravida, tanto manco se nell'Opera vi entrasse qualche gravida Regina od Imperatrice, etc. etc. etc. etc.

A' SUONATORI

Dovrà il Virtuoso di Violino in primo luogo far ben la Barba, tagliar Calli, pettinar Perucche e compor di Musica. Avrà imparato da principio a suonar da Ballo su i Numeri, non andando mai a tempo, né avrà buon Arcata, ma bensì gran possesso del Manico.

Non dipenderà mai nell'Orchestra dal Maestro di Capella o dal primo Violino, suonando con l'Arco solamente dal mezzo in su sempre forte e con diminuzioni a capriccio.

Il primo Violino accompagnando Arie a solo incalzerà sempre il tempo, non si unirà mai col Musico, e in fine farà Cadenza lunghissima, quale porterà seco già preparata con Arpeggi, soggetti a più Chorde, etc. etc. etc.

Dovranno li Violini accordar tutti assieme, non avendo punto l'orecchio a Cembali o Contrabassi, etc. etc. etc.

Di molti de' sopradetti avvertimenti potranno servirsi li Virtuosi ancora di Violetta.

Il secondo Cembalo non anderà che alla Prova generale, mandando a tutte l'altre il Terzo, il quale non intenderà per ordinario altra Chiave di sopra che del Soprano, avvertendo di non usar mai, suonando, li Diti grossi, di non badar a Numeri, di dar sempre sesta, di non si unir mai col Maestro, e chiudendo tutte le seconde Parti dell'Arie con terza maggiore, etc. etc. etc.

Il Virtuoso di Violoncello intenderà solamente la Chiave di Tenore e di Basso. Non alzerà mai l'occhio alla Parte, saprà poco leggere, non dovendosi punto regolare né alle Note né alle Parole del Musico.

Accompagnerà sempre i Recitativi all'Ottava alta (particolarmente de' Tenori e Bassi) e nell'Arie spezzerà il Basso a capriccio, variandolo ogni sera, benché la Variazione non abbia punto che fare con la parte del Musico, o co' Violini.

I Virtuosi di Contrabasso suoneranno a sedere con Guanti in mano avvertendo che l'ultima Chorda dell'Istromento non sia mai accordata, né daranno mai Pece all'Arco che dal mezzo in su, e riporranno l'Istromento a suo luogo a mezzo il terz'atto, etc. etc. etc.

Oboè, Flauti, Trombe, Fagotti, etc. saranno sempre scordati, cresceranno, etc.

etc. etc. etc.

AGL'INGEGNERI E PITTORI DI SCENE

Ingegneri delle Decorazioni andranno a gara di servir gl'Impresari a buonissimo prezzo, avvertendo di averle in Appalto per tutte l'Opere; quali cederanno poi per due terzi manco a' Dipintori comuni, perché questi ancora s'approfittino nellavoro d'altri due terzi.

Non dovrà l'Ingegnere o Pittor moderno intendere Prospettiva, Architettura, Disegno, Chiaroscuro, etc., procurando pertanto che le Scene d'Architettura non vadano mai ad uno, o due punti, ma bensì ch'ogni Tellaro n'abbia quattro o sei, situandogli diversamente, perché da tal varietà resti maggiormente appagato l'occhio de' Spettatori.

Farà un Panno maestoso sopra li due primi Tellari, perché servano questi a tutte le Mutazioni che non ricercano Aria, benché in qualche Bosco o Giardino non farebbero male per coprire li Virtuosi dal pericolo di raffreddarsi a Cielo scoperto.

Le Mutazioni di Scena non dovranno seguir mai tutte assieme, avvertendo di tener ristrettissimi gli Orizonti, perché resti al possibile angusta la Scena, e perciò bastino pochi lumi ad illuminarla, servendosi nel Scuro più forte del solito Nero di Gezzo.

Sale, Prigioni, Camere, etc., tutte saranno senza Porte e senza Finestre, imperciocché già li Musici entrano per la parte più vicina al Palchetto loro, né hanno bisogno di lume sapendo benissimo la parte a memoria.

Nelle Mutazioni di Mare, Campagne, Dirupi, Sotterranee, etc., dovrà sempre la Scena esser disimbarazzata da Scogli, Sassi, Erbe, Tronchi, etc., per lasciar largo campo a' Virtuosi di far l'Azzione, avvertendo che, se in tal incontro alcuno de' Personaggi dovesse dormire, sia portato fuori da qualche Paggio o Cavaliero di corte un Sedile d'Erbe con un'alzata da un lato, perché il Virtuoso possa appoggiare il Gomito sin ch'altri canta, e dormino più saporitamente, etc.

Il Lume dovrà fingersi tutto in mezzo alla Scena, avvertendo di tener egualmente illuminati i Soffitti che i Lati. E quantunque l'Aria debba esser più luminosa d'ogn'altr'Oggetto, non dovrà però chi si sia infastidirsi, se vedrà illuminato un Prospetto, e sopra di esso l'Aria oscura come di Notte. Imperciocché volendosi illuminar l'Aria tutta oltre il Prospetto, vi andrebbe troppa spesa di Lumi.

Occorrendo il Trono, si formerà questi di tre Scalini, una Sedia, e un'Ombrella quando servir debba alla prima Donna; per altro se dovessero salirvi sopra Tenori o Bassi, basteranno solamente gli tre Scalini e la Sedia.

Avverta l'Ingegnere o Pittor moderno di far rinforzare il color ne' Tellari, quanto più questi si allontanano dalla vista per iscostarsi al possibile dalla Scuola antica, che usava di raddolcire il colore quanto più crescea la distanza, perché il Loco paresse maggiormente capace; e l'Ingegnere o Pittor moderno deve usar ogni studio d'impicciolirlo.

Le Sale regie dovranno per lo più essere più corte de' Gabinetti e delle Prigioni, avvertendo che le Colonne siano sempre più picciole degli Attori perché ve n'entrino in maggior quantità a consolazione dell'Impresario.

Le Statue non dovranno disegnarsi a rigore d'Anotomia, riserbando piuttosto tale studio negli Alberi e nelle Fontane; e, rappresentandosi Navi antiche, dovranno costruirsi sulla forma delle presenti; e guarnirannosi le Sale, che figurassero Armerie di Xerse, Dario, Alessandro, etc., di Bombe, Moschetti, Cannoni, etc. etc. etc.

Nell'ultima Decorazione dovrà bensì l'Ingegnere, o Pittor moderno porre ogni studio. Imperciocché, essendo questa per ordinario veduta dalla Moltitudine senza spesa, convien egli procurarsi tutto l'applauso. Dovrà tale Decorazione pertanto esser un Epilogo di tutte le Scene dell'Opera, che perciò s'introdurranno in essa Spiaggie di Mare, Boschi, Prigioni, Sale, Camere, Fontane, Navigli, Caccie d'Orsi, Padiglioni altissimi, Cene, Lampi, Saette, etc., e tanto più se dovesse intitolarsi Reggia del Sole, della Luna, del Poeta, dell'Impresario, etc. Non sarà mal fatto di farla calare a Terra tutta illuminata, e ben carica di Comparse figuranti varie Deità dell'uno e dell'altro sesso, con Stromenti e Geroglifici in mano allusivi alle cure delle medesime Deità. A queste poi (secondo s'accosterà il fine dell'Opera) si ordinerà, a motivo ragionevole d'economia, di smorzare i Lumi sopra di essa disposti, etc. etc. etc. etc.

A' BALLARINI

Ballarini diranno poco bene degl'Intermezzi, avvertendo di non entrare, né finir mai a tempo.

Ricercati dall'Impresario di Ballo nuovo, faranno cambiar l'Aria de' Balli vecchi, servendosi sempre de' medesimi Passi, Contratempi, Cadenze, etc., usando il Passo di Minuett', ne' Balli di Schiavi, Paesani, Piroo, Furlane, e di qualunque Nazione.

Danzando a due si faranno Balli d'invenzione sul fatto: avvertendo che ne'
Balli composti di Ragazzi siano questi di varia età e che le Danze siano in tal
guisa disposte, c'abbiano ad uscire prima li maggiori, poi li minori, finalmente
i più piccioli, che non dovranno ecceder tre anni, e da questi si faranno per
ordinario eseguire i Balli all'Eroica, etc. etc. etc. etc.

ALLE PARTI BUFFE

Parti Buffe pretenderanno l'Onorario eguale alle prime Parti serie, e tanto più
se nel cantare si servissero d'Intonazione, Passi, Trilli, Cadenze, etc. da Parte
seria.

Porteranno con sé Mustacchi, Bordoni, Tamburri e qualunque altro Arnese
opportuno per il loro Ufficio per non aggravar (oltre l'Onorario abbondante)
l'Impresario di maggior spesa.

Loderanno infinitamente li Virtuosi dell'Opera, la Musica, il Libretto, le
Comparse, le Scene, l'Orso, i Terremoti, etc., attribuendo però a sé soli la
Fortuna del Teatro.

Faranno per ogni Paese gl'Intermezzi medesimi, pretendendo con gran ragione
che i Cembali siano accordati a commodo loro.

Se qualche Intermezzo non avesse applauso, avvertano di dar sempre la colpa
al Paese che non l'intende.

Incalzeranno e lenteranno il tempo, e ciò particolarmente ne' Duetti a motivo
de' Lazi ne' quali alcuna volta non andando d'accordo co' Bassi, daranno
sorridendo la colpa del disordine all'Orchestra, etc. etc. etc. etc.

A' SARTI

Sarti si accorderanno con l'Impresario per il vestiario di tutte l'Opere; poi
visiteranno Virtuosi e Virtuose per fargli l'Abito a genio. Rifletterannogli che
col Denaro dell'Impresario non è possibile d'eseguirlo; che per cio tratteranno
d'un soprapiù e col soprapiù faranno poi l'Abito, avvanzando in tal forma il
Denaro tutto patuito con l'Impresario.

L'Abito sarà di più pezzi, di roba frusta, etc. dovendo bastare a' Sarti di
provvedere le Virtuose di Coda lunghissima, i Virtuosi di belle Polpe di
Gambe per guadagnarsi la Mancia.

Termineranno gli Abiti alla Sinfonia dell'Opera solamente, e ciò perché, consegnandoli a' Virtuosi per tempo, converrebbero rifarli più d'una volta.

Suggeriranno a Tenori e Bassi maestoso Cimiero di varie Penne, etc. etc. etc. etc.

A' PAGGI

Paggi di cinque o sei anni pretenderanno esser vestiti con Abiti che servissero all'età di quatordeci o sedeci.

Pretenderanno parimente Perucca bionda di Stoppa sopra Capelli scuri.

Alcuno (portandolo il Dramma) farà da Figlio, piangerà in Scena, etc. ed altri non staranno mai fermi intorno la Coda della Virtuosa strascinandola sempre verso del Protettore. Mangieranno in Scena, etc. e perderanno la prima sera Guanti, Fazzoletto, Cappello e Perucca, etc. etc. etc. etc.

ALLE COMPARSE

Comparse si vestiranno sempre con gli abiti del Compagno, né dipenderanno mai dal loro Generale, Caposcena o Suggeritore.

Partiranno ogni sera dal Teatro con Scarpe, Calze e Stivaletti dell'Opera, quali facendosi sporche, faranno con sollecitudine la sera seguente pulire dal Generale.

Urteranno tra le Scene Virtuosi, Virtuose, Protettori avari, Maschere, etc., dando l'Illustrissima a tutte le Virtuose, alle quale esibiranno Tabacco, Pipa, etc., aggiongendogli c'hanno sete.

Non usciránno mai tutti assieme, avvertendo ancora all'ultima Scena d'uscire mezzi spogliati, etc.

Comparsa che facesse da Leone, da Orso, da Tigre, etc., pretenderà la sua Scena dal Poeta a mezz'Opera, né mai dopo l'Aria della prima Donna, etc.

Portando in Scena Tavolini, Sedie, Canapè, Scalini per Trono, etc., s'accomoderà ogni cosa al rovescio, avvertendo le Comparse di presentar sempre le Lettere piegando alquanto il Ginocchio dritto, e con la mano sinistra, etc. etc. etc. etc. etc.

A' SUGGERITORI

Suggeritori saranno Mezzani per affittar in nome dell'impresario Botteghino, Soffitta, Scagni, etc.; accorderanno Orso, Saette, Terremoti, etc.

Anderanno alle Prove dell'Opera innanzi giorno, adulando il Poeta, il Maestro di Capella, i Musici, l'Impresario, la Farfalletta, il Mossolino, la Navicella, il Copanetto, etc. etc.

Ordineranno l'ora delle Prove, avranno cura del calar della Chiocca, accender Lumini, incominciar dell'Opera, gridando forte al Maestro di Capella, dal buco della Tenda: E UNA! E UNA, SIGNOR MAESTRO! etc. etc. etc. etc.

A' COPISTI

Copisti accorderanno con l'Impresario un tanto per Opera e questa poi faranno scrivere a Soldi sei il foglio compresa la Carta, Inchiostro, Penne, Spolverino, etc.; e cavando loro Parti dell'Opera, sbaglieranno Parole, Chiavi, Accidenti, etc., lasceranno Facciate intere, etc. etc. etc.

Venderanno a' Forastieri che desiderassero buone Arie d'Opera, carte vecchie col nome de' Professori migliori; sapranno Comporre, Cantare, Suonare, Recitare, etc.., riducendo la maggior parte dell'Arie dell'Opera in Canzon da Battello, etc. etc. ete.

AGLI AVVOCATI DEL TEATRO

Avvocati del Teatro daranno commodo all'Impresario di provar l'Opera in Casa propria; faranno le Scritture de' Virtuosi, de' Suonatori, degli Operari, Comparse, Orso, Poeta, etc.; saranno Giudici arbitri de' Balli e degl'Intermezzi, aggiustando le differenze tra' Musici e l'Impresario e conduranno più Maschere ogni sera franche di porta per dar credito ed applauso al Teatro, etc. etc. etc.

AI PROTETTORI DEL TEATRO

Protettori del Teatro anderanno con l'Impresario incontro alle Virtuose e mascherati alla Porta custodiranno diligentemente l'Ingresso, facendo però passar chi gli piace, etc.

Visiteranno ogni giorno le Virtuose provvedendo d'Alloggio le forastiere, ed alle Prove dell'Opera staranno per lo più a sedere appresso la prima Donna, Orso, etc.

Placheranno le Virtuose disgustate col Maestro di Musica, coll'Impresario, col Calzolaro, col Sarto, etc. etc. etc.

ALLE MASCHERE ALLA PORTA

MASCHERE alla porta e Soldati con Spade rugini saranno cauti e rigorosi nel Ministero sino che l'Impresario è presente. Appena ch'egli sia ritirato, Porta franca a tutte le Maschere dalle quali il giorno avranno ricevuta la Mancia.

Non consegneranno mai al Protettor del Teatro, o ad altra Maschera a ciò destinata, tutti li Biglietti che riscuotono da chi entra, ma ne asconderanno alquanti frequentemente, vendendoli poi un terzo manco del solito per far concorso al Teatro.

Restituiranno Pegni agli Amici anche un'ora dopo lasciati e prenderanno Pegno da una Maschera per quattro, qual Pegno poi restituiranno alla Maschera che uscirà, restando gli altri tre nel Teatro, etc. etc. etc.

AI DISPENSATORI DI BIGLIETTI

DISPENSATORI di Biglietti peseranno tutte le Monete d'argento e d'oro, quali, benché siano di giusto peso, diranno alle Maschere calar qualche cosa. Renderanno il Resto in tali Monete, ch'oltre l'avvanzo del Calo supposto, non arrivino mai a comporre di qualche Soldo l'intiero Resto.

Ricercati da qualche Maschera che credessero Forastiera del valor del Biglietto, gli diranno sempre qualche lira di più, etc. etc. etc.

AI PROTETTORI DELLE VIRTUOSE

PROTETTORI delle Virtuose saranno attentissimi, gelosissimi, fastidiosissimi, etc. etc. etc.

Non s'intenderanno per ordinario punto di Musica, accompagnando però sempre le medesime alle Prove dell'Opera con in mano Parte, Scaldino, Scuffia, Papagallo, Civetta, etc.

Sapranno a memoria tutta la Parte della Virtuosa quale gli staranno suggerendo dietro le Sedie; si caratteranno con l'Impresario, guardandosi al possibile di non salutar mai altre Virtuose.

Regaleranno Poeta, Maestro di Capella, etc. perché facciano bella Parte alla Virtuosa; raccomanderanno a Suggeritori, Paggi, Comparse, etc., di non badar, sino che sta in Scena, ad altri che a lei, di cui racconteranno che in tre o quattr'anni ha recitate da sessant'Opere; ch'è un Angelo di Costumi, disinteressata, di Nascita e d'Educazione Civile; che non rassomiglia a Cantatrice veruna; ch'è un peccato sia nella Professione, etc. etc. etc.

Loderanno poco altre Virtuose e qualunque Teatro dove la sua non v'abbia che fare, aggiungendo sempre che l'Onorario della Virtuosa è due terzi più dello stabilito, e porteranno Giustaccuori, Sottogiubbe, Calzoni, etc. sempre foderati de' Passi, Trilli, Arpeggi, Cadenze, etc. della Virtuosa e provvedendogli del solito Abito nuovo, Orologio, etc. per la Prova generale.

Staranno per lo più in Scena con la Virtuosa, per cui avranno sempre adosso Liquericcia, Salprunello, l'Aria nuova, Specchietto, Lista dell'Azzioni, Peri, Odori di varie sorti, etc., pretendendo, se la VIRTUOSA facesse da seconda Donna, c'abbia Paggi, Trono, Scetro, e Coda lunga al par della prima, etc. etc. etc.

ALLE MADRI DELLE VIRTUOSE

MADRI delle Virtuose anderanno sempre con le medesime, restando però in disparte per atto di civiltà quando le Figliuole siano accompagnate co' Protettori.

Quando le Ragazze si fanno sentire dall'Impresario, moveranno la bocca con loro, gli suggeriranno li soliti Passi e Trilli e, ricercate dell'età della Virtuosa, gli scemeranno per lo meno dieci anni.

Se qualche Civile, ma povero Galantuomo desiderasse introdursi in Casa, e parlasse per tal effetto con alcuna delle Signore MADRI, risponderà tosto: «In quant'a quel mo la mi Fiola è puvrina sì, ma unurata e daben, e s'fà la Profession, perch'la dsgrazia dla nostra Cà vol qusì. Al bisogna in prima maridar un'altra Ragazza, ch'è zà imprumessa a un Duttor, e livar mi Marì d'imperson, ch' pr' esser stà tant'al bon Om'; l'ha fatt' una Sigurtà e s'hà bsognà pagarla. Pr'altr' a n'j vin in Cà gnanc'una Persona d' sortafatta: e s'ai vin qui du Sgnouri, al davìn, perch'a s' po dir, chi j han vista a nasser la GIANDUSSINA, e un'è Avucat d'mi Marì e l'altr'è Santl' dla Ragazza».

Se la Virtuosa fosse principiante dirà la signora MADRE cl ha recitato in due anni da trenta volte; se poi fosse avvanzata in Età, dirà che sono solamente tre anni che recita, e ch'a incominciato innanzi li tredici.

Dovrà la Signora MADRE per lo più nell'incominciarsi alle Prove il Ritornello dell'Arie della Figliuola, dare con la mano il Tempo all'Orchestra e, mentre canta la Virtuosa, l'accompagnerà con la Testa, con gli Occhi, col Piede, moverà seco la Bocca, e gli farà sempre in fine il solito Viva.

Tornata a Casa dalle Prove dell'Opera insegnerà l'Azzione alla Virtuosa, e'l luogo di far il Trillo nell'Arie. Riuscendo queste felicemente in Teatro, e tornando dentro la Ragazza, la bacierà in prima e gli dirà poi «Car al mi car Zuijn, sit tant bendetta ch' t'hà pur fatt' i bj pass', e s't'in riussì a maraveja; ch'a j era quegli alter Donn, ch'i s'mursgavin l' Dida per la rabbia». Ma se qualche sera lasciasse il Trillo, non battesse il piede nella Scena di forza, etc. la sgriderà, dicendogli: «Guardà un poc' la mi Bambozza sta sira ch' t' n'hà fatt' al Tril lung, e qula gran Azzion, ti andà dentr' cm'è un Can scuttà, e nsun t'hà gnanc' ditt' Arillà».

Anderà al Teatro con Veste da Camera e Sciarpa guarnita con Sonetti in Seta regalati in varie congiunture alla Figlia, o in Bauta con Ferajolo lunghissimo del Protettore, stando in Scena con Gargarismi, Libro de' Passi e con qualunque altra cosa potesse occorrere alla Ragazza, quale sentendosi mal di Voce, esclamerà la Signora MADRE, che in certi tempi l'Impresario non dovrebbe far Opera, ch'è voler precipitarsi con la Ragazza, etc.

Sino che canta la Virtuosa, dirà la Signora MADRE agli Operari, all'Orso, alle Comparse, etc.: «La mi Ragazza per dir al vefr l'hà fatt' sempr' la prima Part; e da Principessa dal Sangu', e da Rizina e da Impiratric' int' j prim' Tiatr 'a CENT, a BUDRI, a LUG e a MEDESINA. La n'hà brisa d'interess', la vol ben a tutt' gl'alter Virtuosi, se ben po ch'la n' n'è corrisposta. A j è 'l Tal e la Tal Sgnoura al noster Pajes ch' basta ch'l'avra la bocca, ch'l'hà bocca mi ch' vut. Perché bsogna direl l'è una Ragazza savia e mudesta, e s'ha studià più Virtù, d'arcamar, d'far i Marlitt', d' ballar, d' tirar d' Schermia d' stufìlar, oltr' al cantar. L' ha fin studià la Gramatica e sí è tant confacent al Geni d' tutt' ch'la pippa in cumpagnì dal Prutettor. Pr'alter la n'aver mai qula bendetta bocca per dir mal d' nsuna, ma in st' Mond' pr' aver Fortuna al bisogna trattar in altra manira. Mà zà al despett d' tutt la sirà prest inlustrissima, e s' farà d' Livré, etc. etc. etc.».

Se qualche Virtuosa portasse applauso sopra la sua, l'attaccherà con la Madre in Palchetto dicendogli bruscamente: «Mo ch'la s' fazza un poc' in là Sgnoura

ZULIANA, ch'la chiappa tutt'al lugh, perch' so Fiola hà tant' applaus; mo zà à s' sà cmod' lè. La mi n'hà né Dobel, né Scattel d'arzent da regalar al Mester d' Capella e 'l Poeta, e per quest' l'ha avù una Part' si infama. Mo s'la j avess' invidà anca li a dsnar e dunà un Arluj pron, o una Cruvatta con i sù Manicin cumpagn' arcamà d' so Man, la parrev cvel d' mjor». Al che risponderà l'altra: «Cat d' dis dinar, a m' maravei purassà purassà di fatt' vuster. Ch' razza d' parlar è 'l voster. Mi an' sò d' Dobel, mi an' sò d' Scattel; a sò ben ch'la mi Fiola fà la Part so fin a un Fnocch e se n' regalla brisa ni Poeta ni Mester d' Capella. Mo, Sgnoura SABADINA mi cara, saviv cosa l'è? Al bsogna fermar la Vos, parlar schiett, intunar i Simitun e i gran Salt ch' s' usin adess', andar a temp, far ben l'ation, n' rider in Scena, né chiaccarar, s'a s' vol applaus; che per cont 'd far dle Zirandel, che n' stan né in Cil né in terra, a s' dà prest int' al Maron e s' s' dà po la colpa al Terz' e al Quart». Replicando l'altra: «Cos'è st' intunar, st' andar a temp', st' far zirandei la mi Iona, la mi Tintinaga? Ch' mi Fiola as' sà ch'la n' hà bisogn' de sti avertimint sich. Perch'la cantava e s' sunava all'improvis inanz' ch' vu v'insuniassi gnanc' d' far insgnar alla vostra. Zà a sen d'un pajes ch'az' cgnussen e s' sà ch' Mester ha avù la vostra, e ch' Mester ha avù la mì. Perch'la mì n'hà avù un da un Luvig ai mejs, e s' vgneva sol trei volt' la stmana e anc' per arcmandation d' gran Sgnouri; perch' al n' n'ha più bisogn' d' dar Lzion, ch'l' hà dell' Pussion cumprà con l'insgnar, e s' sà ch'l'ha la Perucca agruppà, ch' scriv' quater Fui d' Pass' per Lzion, e s'è Vecch' decrepit' int' al gust dal cantar. E la vostra n' hà avù un, ch'è just grand cm'è tri quatrin d' Furmaj d' Forma, che n' stima nssun (e in particular al noster dal Luvig) ch' vol far da Lecca con tutti, perch'l' hà una bella Rusetta d' Bril, ch'i dunò una Virtuosa quand la turnò da recitar da Vinezia, e s' s' fa veder la Cadena dl' Anluj, siben po' ch'j è taccà una Mistucchina. Mà l'è po un Mester da sett Pavel, e al Cil sà quant' mjs l'hà mai d'aver dalla vostra Sgnoura Virtuosa, etc. etc.»

Se venisse bussato alla porta anderà sempre la Signora MADRE a veder chi batte, sperando che possa ogni momento capitar un Regalo, un Protettore, un Impresario, un Papagallo, una Simia, etc. Se fosse poi il Calzolaro, il Sarto, il Guantaro, si farà dar la polizza soggiungendogli però, che tornino, perché la VIRTUOSA è in Campagna, o sta al Cembalo col Signor Maestro, etc.

Se la Ragazza per civiltà ricusasse qualche Tabacchiera, Anello, Orologio, etc., dovrà la Signora MADRE sgridarla, con dirgli: «As' ved ben ch' t' n' sà 'l creanz. Far un affront' a quel Sgnour, ch' con tanta curtsì al t' vol favurir?» Prendendo poi il Regalo dal Forastiero soggiungerà a lui: «Car Lustrissim, ch' al la compatissa mo, perché questa l'è la prima volta ch' sta Bambozza ussis dal so Pajes; e po l'è just cm'è l'acqua di macarun, ch'la n' sà né d' ti, né d' mi; e po quest'è al prim Regal', ch'i vin fatt, perch'in Cà a ni pratica anma nada». A riguardo poi de' vari e gravissimi dispendi, che importa alla Figliuola il mantenimento di tutto l'anno da Principessa, da Regina, da Imperatrice, etc. con la Corte; e per il delizioso Serraglio de' Pappagalli, Simie, Civette, Cani e Cagne con le lor Razze, etc. e per le spese della Conversazione (dove provvede il Signor PROCOLO generosamente di tutto) dovrà la Signora MADRE, per le sere che non si recitasse, allestire una Rifa o Loto di molte Grazie (come qui sotto) perché ad ogn'uno della Conversazione tocchi qualche cosa, parta sodisfatto e torni senza fallo a motivo di nuova speranza.

SEGUE LA RIFA

RIFA o LOTO con varie GRAZIE da pagarsi per lo più quattro Luigi d'Oro al Biglietto prima di leggerle.

1.   Un Cesto dorato con Pianelle, Scarpe, e Stivaletti usati, avvanzati da molte Opere alla Virtuosa, tempestati di Nèi di vari colori.

2.   Una Scattola di Cartoni d'Opera a fiori, piena di Trilli di seconda, terza e quarta, d'Appoggiature, Cadenze, Semituoni, Stonature, etc., con altrettanti Dolori intrecciati di Madreperla.

3.   Il Cefalo, il Tamburro, e la Ghirlanda di Cola adornati di Semicrome all'ingrosso ed alla minuta.

4.   Ventiquattro Arcate da Violino intiere con altrettante messe di Voce, e pronunzie schiette, legate con dimande di Onorario civili e discrete, etc., per far un Sottanino alla Serva.

5.   Un Abito intiero da Poeta moderno di Scorza d'albero color di Febbre, guarnito di Metafore, Traslati, Iperbole, etc., con Bottoniera di Soggetti vecchi rifatti d'Opera, foderato di Versi di varie misure con sua Spada compagna con Manico di Pelle d'Orso.

6.   Un Orologio per misurar Passaggi, Cadenze e Saltarelli di Virtuose con Dito de' Protettori che mostra il tempo.

7.   Trenta Saette con cinque Lampi color di Voce per una, in uno scrigno mobile al naturale.

8.   Un Armerone con entrovi Bordonj da pellegrina, Libretti, Dardi, Tavolini da scrivere, Stili, Veleni, Prigioni, Canapè, Orsi uccisi, Terremoti, Padiglioni altissimi, Tavolozze, Gezzi, Pennelli, etc. con sua serratura di Nebbia.

9.   Molte Scritture di vari Teatri con Cessioni di palchi, Crediti d'Impresari da riscuotersi al Banco dell'Impossibile con loro Cartoni d'azzioni d'Opera

fiere ed amorose.

10.	Una gran Cassa piena d'Indiscretezze, Sussieghi, Pretensioni, Vanità, Risse, Invidie, poca stima, Maldicenze, Persecuzioni, etc. lasciate da VIRTUOSI in Sere di gioco in Casa della VIRTUOSA.

11.	Un Borsone a gucchia con molte Vigilanze, Accuratezze, Attenzioni, Vigilie, Occhiate, Buone educazioni, Pretensioni di prima o seconda Parte, etc. legate con Nastro color di Musica: il tutto lavoro delle Signore MADRI.

12.	Un Bacile di Carta rigata con sopra molte parti d'Opere vecchie, suoi Stromenti, Unissoni raddoppiati, vari Fagotti di Dissonanze, Quinte, Ottave, False, etc. e dieci mila Elamì di Basso continuo per comporvi sopra più Originali d'Opera interi, regalo già fatto alla VIRTUOSA da più Maestri di Capella moderni.

13.	Un Microscopio che mostra le Inquietudini, Inesperienze, Passioni, vane Promesse, Disperazioni, Speranze deluse, Opere in terra, Provigioni per tutto l'anno, Teatri vuoti, Peate cariche, Fallimenti, etc. d'Impresari, legate con fior d'astuzia.

14.	Vari Applausi di tutti li VIRTUOSI dell'uno e dell'altro sesso, Impresari, Sarti, Paggi, Comparse, Protettori e MADRI di Virtuose, regalati al Teatro alla Moda, con loro Collere, Smanie, ed esagerazioni compagne.

15.	La Penna c'ha scritto il TEATRO ALLA MODA.

AI MAESTRI DI BELLA MANIERA

MAESTRI di bella maniera delle Virtuose le faranno cantar sempre piano, perché meglio riescano i Passi, quali non dovranno punto accordare col Basso, o co' Stromenti dell'Aria. Non baderanno né a Battuta, né a Pronuncia, né a Intonazione, avvertendo che non si rilevi mai da chi ascolta Parola veruna.

Daranno Lezzione a tutte in un modo medesimo. Scriveranno alla Virtuosa sopra gran libro i Passi e le Variazioni, avvertendo sopra ogni cosa di fargli ricercare nell'acuto e nel grave alquante Chorde fuori del naturale, perché la Virtuosa possa pretendere Onorario più avvantaggioso.

Se li MAESTRI non avessero Trillo, non l'insegneranno mai alla Virtuosa, dandogli ad intendere, ch'è cosa antica, che non s'usa più, e che nel tempo di farlo già il popolo grida e fa applauso. Se desiderasse però la Virtuosa di farlo, glielo faranno battere velocissimo da principio sempre in semituono, e senza prepararlo con messa di voce, avvertendo ancora d'insegnargli Cadenze lunghissime, per ben eseguire le quali, convenga ella ripigliar fiato più d'una volta.

Subito che la Virtuosa abbia ricevuta la Parte, gli persuaderanno di far cambiar tutte l'Arie e faranno inoltre ogni settimana abbondante rimessa di Passi a Virtuose, che fossero a recitare in altri Paesi, raccomandandogli di far ne' medesimi sempre suonar piano l'Orchestra.

A poveri Ragazzi e Ragazze daranno Lezzione per carità, contentandosi solamente in Scrittura di due terzi alle prime ventiquattro Recite, della metà all'altre ventiquattro e d'un terzo in vita.

Li MAESTRI di bella maniera non faranno mai solfeggiare, ma avranno tutti il loro Solfeggiatore.

AI SOLFEGGIATORI

SOLFEGGIATORI si serviranno con tutte le Virtuose de' Solfeggi medesimi trasportandogli in vari Tuoni, Chiavi, Tempi, etc. etc. conforme il bisogno delle medesime.

Le tratterranno più anni sopra le solite Variazioni del La in Re ascendendo e del Re in La discendendo, sopra Letture diverse a riguardo degli Accidenti maggiori o minori, che occorrono; ma non gli faranno mai aprir bocca, o accomodarla diversamente per chiaramente esprimere le Vocali, etc. etc.

AI MARANGONI E FABRI

MARANGONI e FABRI prima di lavorar in Teatro porteranno via tutte le Porte, Banchette, Serrature, Catenazzi de' palchi, etc. per accomodar ogni cosa, quali più non rimetteranno che all'invio della solita Mancia, avvertendo particolarmente la prima sera d'incominciar a battere alla Sinfonia e seguitare tutto il prim'Atto, etc. etc. etc.

AGLI AFFITTASCAGNI E PALCHETTI

AFFITTASCAGNI e PALCHETTI faranno la Corte, e Credenza a Protettori di Virtuose e dalle ventiquattro alle due staranno ogni sera battendo Chiavi per le piazze all'oscuro, per avvisar Maschere, che volessero provvedersene, etc. etc.

etc.

<h2 style="text-align:center">AI SIMON DE SCENA</h2>

SIMON DE SCENA non servirà per manco di Soldi trenta e una Candela di sera in sera. Pretenderà il solito Regalo di lire quindeci ad ogn'Opera che vada in Scena per occasione di far inviti de' Virtuosi alle Prove, portargli la Parte, etc. etc.

Sopraintenderà gratis alle Comparse, e gratis parimente in caso di necessità farà da Orso, etc. etc. etc.

<h2 style="text-align:center">ALLE MASCHERE</h2>

MASCHERE non anderanno per lo più che alle Prove dell'Opera e particolarmente alle generali.

Non s'intenderanno punto di Musica, di Poesia, di Scene, di Balli, Comparse, Orso, etc. e decideranno d'ogni cosa assolutamente.

Saranno parziali di qualche Compositore di Musica, Teatro, Virtuoso, Comparsa, Orso, Poeta, etc., biasimando gli altri, etc.

Anderanno all'Opera col Pegno, posponendo ogni sera un quarto d'ora, e così vedranno tutta l'Opera in dodici sere. Frequenteranno Comedie per manco spesa e non baderanno all'Opera ne pure la prima sera, toltone che a qualche mezz'Aria della prima Donna, alla Scena dell'Orso, ai Lampi, alle Saette, etc. Faranno la Corte a' VIRTUOSI dell'uno e dell'altro sesso, per entrar seco loro senza Biglietto, etc. etc. etc. etc.

<h2 style="text-align:center">AI CONDUTTORI DEL BOTTEGHINO</h2>

CONDUTTORE del Botteghino in Teatro sarà dilettante di Musica, avrà sempre Carte di Musica addosso e nel Banco e sarà Protettore amorevolissimo di tutti li Virtuosi. Darà da bere gratis a tutti li Musici, Suonatori, Impresario, Comparse, Orso, Poeta, etc. regalando per lo più, a Virtuose, Cantate di Napoli. Venderà per galanteria e per burla di chi non se ne accorgesse:

Caffè meschiato con Orzo e Fava, Pan brustolato, etc.; Rosolini di varie sorti e con vari nomi, formati tutti però d'Acqua Vita ordinaria e Miele solamente;

Sorbetti con spirito di Vetriol per Limoni impetriti con Salnitro, o Cenere invece di Sale;

Cioccolata composta di Zuccaro, Canella matta, Mandorle, Ghiande e Caccao salvatico;

mai Acqua schietta se non fosse ricercata con Acqua Vita;

Vini e Comestibili: al solito;

il tutto a prezzo quadruplicato, etc. etc. etc. etc.

IL FINE

Liked This Book?

For More FREE e-Books visit Freeditorial.com